文芸社セレクション

奥出雲風土記「世津子とお婆々」

足立 雅人

ADACHI Masato

文芸社

奥出雲風土記「世津子とお婆々」

まえがき

　この創作は、凡そ一世紀前のわが古里。お上（神）に出雲大社を頂く島根県仁多郡奥出雲の原風景である。奥出雲町は平成の大合併（法）によって仁多郡の十ヶ町村が合併して誕生した大きな町であります。今では豊富な観光資源（例えば◆金言寺の大銀杏◆鬼の舌震◆天叢雲剣出顕の地、等々）の活況で全国的に有名になっていますが、当時は出雲と備後の県境に位置する偏狭の地であり、特に創作の舞台となっている仁多郡馬木村はその最も奥に位置する山村でした。だから里の横田町などに出掛けると、「山猿が出た！」と、からかわれたものです。その理由は主として言語の粗雑さ（強度の方言）を揶揄したものでした。そんな環境で生まれ育った私には方言が染み付いており何かの刺激があれば地が出てしまうのです。今回の場合も強い望郷の念に駆られながら（ワープロの）キーを叩いていたら、知らず知らずの内に〝がさつ〟で説明を要する方言や自己中心的な言語を並べたてていました。もしこれが読んで頂く人々に不快感（差別感）や違和感を与えるとしたら、それは決して私の意図するところではありません。逸る望郷の念が動機付けとなった年老いた田舎者（私）が思考した自然発生的な営みの記録であろうと、ご寛容頂けたら幸せです。

（一）

出雲と備後を隔絶して聳える中国山脈の麓。奥出雲地方の大奥に馬木盆地がある。世津子が、略奪されて嫁に来た、「だんだんの里」である。嫁ぎ先は世間で名の知れた山本の「栄屋」だった。女学校を卒業したばかりの十六年も前のことだが世津子の旦那、山本嘉鋤《かすけ》はその頃、世津子をかどわかす殺し文句に、「わが家の屋敷は家が栄える地所だ。」と屋号に絡めて盛んに喧伝していたという。確かに栄屋は盆地とその真ん中を流れる一条の河川、大馬木川を一望できる高台に在り屋敷の威容はそう言いたくなる気持ちも解る。だが運勢が良くない……。何故か母親が早死にし、それが二～三代続いているのである。尤も屋号の由来は世間ではその家の家運と結び付けて大いに語られることがあるから突飛な話ではないが、栄屋の場合は嘉鋤が腕白仲間に威勢を張って嘯いたのが起源だというから真偽のほどは甚だ怪しい……。当時、世間では栄屋のお嫁さんのことが盛んに話題になった。

おんなしい（女衆）が集まると、

「あんなにきれいな若い娘さんが、よくもあのがさつな嘉鋤さんの嫁に来たもんだ。」

「そうねぇー、幼い頃から嘉鋤さんの面倒を見てこられた下屋敷のお婆々は喜んでおられるだろうけどあれじゃお嫁さんが可哀想だわ。」

「いやっ、お婆々が一番疑っておられるらしいよ。こりゃー尋常なことじゃねぇーと。」

「そんなら私らが疑うのも無理ないねぇー。」

「そうそう、そげですわ。」

おんなしいは顔を見合わせるばかりだった。

おとこしい（男衆）はもっと辛辣だ。子供の頃の兄貴分だった中屋の良太郎などは、

「あ奴は、手も足も速かったが、あっちの方も速いなぁー。足を悪くしてから少しぁーおとなしくなったと思ってたが見当違いだったなぁー。」

「その分、陰に籠ったんじゃないの。」

子供時代、良太郎の子分だった隣の亮助が思わせ振りな言い方をした。それを追っ掛け、

「そげだ。嫁に来ざるを得ん様にしたんだよ……。」

他の子分だった幡屋の正造が極め付けの知ったか振りをした。

「そりぁー、なんのこっちゃ……。」流石に、良太郎は正造に詰問した。

「家のかあちゃんが栄屋にお祝いに行った時、嫁さんの下腹が少し出張っていたと言ってた。」

と告げ口すると、兄貴分の良太郎は拳を握って怒りを露にしたのである。

（二）

世津子が嫁に来た「だんだんの里」は昔から大馬木川の豊富な水が田園を潤し人々に大きな恵みを与えてきた。だが一方では四方が高い山々に囲まれた盆地は外部の文化の流入を拒み続け世津子が嫁に来て以来困惑した「世間体や噂話が人々の営みを差配する独特の風土」を培ってきたのである。その上に時代背景もあって「男尊女卑」の傾向が強かった。

だが営みの奥底ではむしろ女の力が際立っていた。栄屋は、世津子が嫁に来るずっと昔、嘉鋤が子供の頃には代々部落有数の農家を営む傍ら副業として農耕に使う牛馬の商いもやっていた。所謂、「博労《ばくろう》」と称する稼業である。当時、稲作を主産業としていたこの地では各家とも農耕に使う牛馬を家族同然の様に扱ってきた。「博労」はこの牛馬の育成と調達を司る高尚な生業であり、村人たちは様々な形で栄屋と係わってきた。これは日本に農業機械が普及し始める昭和三十年代の初頭まで続くのである。

博労商売はそれ自体、手の掛かる仕事である。その上に本業の農業は先祖様から引き継いだ大事な家業である。この双方をこなすのは並大抵なことではない。この大忙しな兼業農家を支えていたのが部落一番の働き者と謳われた嘉鋤の父庄吉だった。もとより博労商売は何人もの助力を得て成り立つ稼業だが、子牛馬を値踏みして現金が乱れ飛ぶ商売であり多分に山師的（投機的）な商売だった。庄吉は、もともとからこれが性に合わなかったらしい。だから世間では、

「庄吉さんは、銭を取る時、何時でも〝すみません〟と、頭を下げるが、ありゃぁー商売人らしくねぇーなぁー、人が善すぎるわ。」

これが世間大方の評判だった。だが庄吉は親父の熊吉から因果を含めて受け継いだ稼業を放棄することもできない。それに本業よりはるかに大きい現金収入は捨て難い魅力でもあった。律義な庄吉は、早くして連れ合いの春子、即ち嘉鋤の母を亡くしてからも後添えを貰わず一人で家業を切り盛りしてきた。この無理が祟って庄吉は嘉鋤が小学校の高等科を卒業後間もなくして亡くなった。今で言う過労死である。

山村の農家では珍しく一人っ子だった嘉鋤は悲しんでる暇もなくぐっと稼業が肩に懸かってきたのである。それ以来、栄屋の家業は副業としていた博労商売を本業と

し、農業は食うだけに縮小した。嘉鋤の代で、代々培ってきた本業と副業が逆転したのである。このことは、嘉鋤はもとより栄屋の親族にとっても大きな決断だった。

この家業転換には、嘉鋤が子供の頃負った怪我がもとで足が不自由となり農作業には向かない、という事情もあったが、嘉鋤の育ての親である隣家、「下屋敷」のお婆々が、栄屋の親族会議で発言した。

「嘉鋤の性分は、博労に向いてる！」

という一言が決定的な役割を果たしたのである。

幼い時から嘉鋤を観察してきたお婆々は、

「嘉鋤には〝山師の才〟がある。その点、親父の庄吉さんより爺さんの熊吉さんに似てる。」と読んでたらしい。

その後の動きは、お婆々の見立て通りになった。嘉鋤は、備後での奉公を終えて独立すると瞬く間に成功した。銭《ぜに》の取れる博労に急成長したのである。その行状の一端が山を越えて伝わった。

「新米博労の嘉鋤さんは、牛馬の〝競り〟の時、短い右足を利して斜めに構え懐から五指を繰り出す。その指先には魔力があった。」

と大袈裟な評判である。世津子が栄屋に嫁に来たのは正に嘉鋤が昇り竜の如き絶頂期だった。

その頃、嘉鋤は家のことは下屋敷のお婆々に預けっ放しで専ら牛馬の産地、備後に入り浸りの状態だった。

「備後で何してるんだ。たまには帰って家のこともやったらどうだ！……」

お婆々の一喝も羽振りがよくなって舞い上がってる嘉鋤の耳には入らなかった様だ。こともあろうに、嘉鋤はさんざんお世話になった奉公先である世津子の実家から世津子を略奪して山を越えた山村僻地に連れてきたのである。まるで恩を仇で返す様な振る舞いだ。お婆々の見立てが変なところで的中した形である。

当時、美貌で身体付きは大人だが顔には未だ〝あどけなさ〟が残る世津子が、なんでがさつな中年男の嫁になったのか（？）、世間では七不思議の一つになっていた。

大体博労なんぞは若い娘が敬遠するというのが世間の相場だった。そんなところに、若く、美しく、あどけない世津子が現れたから世間の人々が驚いたのも無理はない。

誰が聞き付けたのか。おばちゃんたちは、

「栄屋の嫁さんは広島の女学校出だそうよ！」

と、世津子の学歴に殊更に驚いた。それに年の差は親子程もある。だから世間では、

「その内、栄屋の嫁さんは備後に逃げ帰るだろう。」と、踏んでいた。

ところが世間の予想に反し世津子は間もなく長女の松子を産むと次々に子を産み、栄屋に居着いたのである。しかも子を産む度に成長し、人間的強さが現れたのである。だから世間のおっちゃんたちは、野良での立ち話や寄り合いなどで盛んに話題にした。

「畑さえ上等なら、種は少々枯れてても芽を出すもんだわっ。」

「そげんことらしいなぁ|。」

「嘉鋤さんは、春早々と種を蒔いておいて備後に商売に行くんだからいいご身分だよ。」

「そげだ。そげだ。」

終わりはみんなの合唱である。

おっちゃんたちの批評は、所詮やっかみ半分の農耕に絡めた埒もない憂さ晴らしだが芯は突いてる。

嘉鋤は、世津子が栄屋に来てからも子細かまわず、可愛い若妻世津子を放ったらかしで一年の半分以上も備後に行ってしまう。なんでだ？　だから世間のおばちゃんたちは世津子に深い同情を寄せていたのである。

世津子は、栄屋に嫁に来て以来ずっと女手ひとりで、家を守ってきた。そんな強さが、どこから生まれただろうか。もとより若い娘が他国に嫁ぐにはそれなりの事情と覚悟があってのことだろうが……。やはり下屋敷のお婆々が強力な後ろ盾となっていたのである。

あの時、嘉鋤の全てを知ってるお婆々は、世津子の嫁入りを喜んだ反面、女の勘で、

「こりぁー尋常なことじぁーねぇーなっ。」と読んだのである。だから何も解らずに、世間や栄屋に馴染もうと、必死に足掻いている世津子が不憫《ふびん》で堪らなかったのである。

このためお婆々は、嘉鋤への諫め方を初め、家事や世間付き合いの仕方など生活万般に亘って徹底的な面倒見をしたのである。お婆々の強い思い入れには、今では嘉鋤の悪行の因を作ったのは、わしだ！と悔恨の念があったことは確かだが本音のところはお婆々が、土地っ子が僻《ひが》む里の方から山奥の下屋敷に嫁いで来た当時、散々姑奴に苛められ何度も物陰で涙した遠い思い出と無関係ではなかったろう。だからお婆々の心の奥底には、「嫁いびり」の連鎖は断ち切りたいという強い思いがあったかも知れない。お婆々は、封建的なこの山村では珍しく進歩的な考え方の持ち主だった。

（三）

松子が生まれ、栄屋に居着いてからの世津子は、子育て、家事、野良仕事に忙殺されながらも、概ね男が集まる部落の常会や時々ある労役にも参加し近隣との交流も欠かさなかった。

世津子は、それこそ一家としてやるべき全ての仕事をこなしてきたのである。これが旦那の嘉鋤が家に居る時でも居ない時でも同じ状況だった。これを見たおっちゃんたちの中には、

「嘉鋤さんは、商売の羽振りはいいかも知れんが、栄屋の家長としては〝子を作る〟くらいしか男の役目を果たしちょらんなぁー。」

と陰口を叩く人もいた。世津子は当地に来る時にはそれなりの覚悟を決めて来たのだろう。

「運命」と覚悟を決めた女は強い！　若い身空の世津子にはそれが際立っていた。

世間の人は、

「他国もん（の者）は強いわっ。」

と感嘆することしきりだった。殊に、おばちゃん連中は、

「女学校出で、あんなきれいな世津さんがねぇー、あの嘉鋤さんと離婚もせず、よく旦那を立ててるよねぇー。」

と感嘆すること頻りだった。

世津子は、栄屋に嫁に来てからこれも運命と受け入れたのか、松子を産んでから四歳の末っ子、太郎まで十二年間に、ほぼ一年置きに六人の子を産んだ。それこそ子腹が休まる暇はなかったのだ。当時、六人の子持ちは珍しいことではなかったし、もっと沢山の子持ちが居るには居たが、窶《やつ》れることもなくむしろ子を産む度に心身共に磨きが掛かってきた世津子は、稀有な存在だった。これも世津子が天賦の身体に恵まれていたからだろうか。とは言え、こんな苛酷な営みは、ただひとりの女性だけでこなせるものではない。

やはり隣のお婆々の絶大な手助けがあったればこそである。

お婆々は、次々に生まれる子の子守りは言うに及ばず、野良が滞ってると見るや、自分家の息子を差し向けたり、時には近所のおっちゃんまで動員することだってあった。家の中で揉め事があれば嘉鋤をきつく諌める案配だった。これにはお婆々の思い入れの他に世津子の受け入れの態様も幸いした。世津子は生来、楽天的な明るさの上に素直な性格だった。

「それ、なんのことでっか？」

「はい。わかりました。」

「ありがとさんです。だんだん。」

と覚え立ての方言で締めるのが口癖になっていた。これを物珍しい香気漂う備後訛りで発するものだから、それ自体に好感を持たれた。これは幸運なことだった。

「だんだん」は、「ありがとさん」という謝意を込めた奥出雲地方の方言だが、その活用は英語スピーチの、「サンキュー」に酷似している。

その一方で、世津子に多少の疎漏があっても世間には、

「あのお婆々が後ろ盾になってるから滅多なことは言えない。」

という空気があったことも確かである。

こうして世津子は、女ひとり見ず知らずの地で十有余年の歳月を無事に駆け抜けてきたのである。息つく間もなかったろう……。何がなし世津子の営みの全てが強く美しいものに映ってるが、実は世津子にとって、この地この家（栄屋）を生き抜くためにはこれ以外の選択肢はなかったというのが真実だったろう。この頃になって長女の松子、次女の竹子も成長し、弟たちの面倒見や家事の手伝いをする様になったから、お婆々にどっぷり浸っていた依存度も軽減し、また近隣に迷惑を掛けることも少なくなったから以前から世津子の心中に蟠《わだかま》っていた世間への負い目も緩和し、ほっと一

息、張り詰めていた心の中にすき間風が通る空間が生じていたのである。

（四）

折しも世津子が、当地に嫁に来てから十五年経った初秋のこと、半世紀振りと言われる二百十日の大嵐が襲来し、大方実った稲はなぎ倒され、当時、谷川に毛の生えた様な貧弱な大馬木川は至る所で決壊し、この豊饒《ほうじょう》な馬木盆地に壊滅的な被害をもたらしたのである。幸い豊かな森林を背景にした自然の台地に建てられた民家は、所々で茅葺き屋根が吹っ飛んだ程度で人的被害は免れた。世津子の家は、全く安泰だった。

大事な村人の身体的エネルギーは温存されたのである。だが、この地方最大の産業である稲作の基盤である田園が壊滅的な打撃を被ったから村人は、将来への不安に駆られたのである。分けても至る所で決壊した灌漑《かんがい》の要である大馬木川の惨状を目の当たりにし、村人たちは一様に溜め息を漏らすばかりだった。

村人たちが、どん底に落ち込んでいた、その時、逸早く立ち上がったのが庄屋の笹森村長だった。笹森村長は、長らく島根県の県会議員を務め、議長までやった人物だが高齢を理由に引退し、その後は自然の流れの如く象徴的な村長を受けていた。笹森村長は、村始まって以来の危機に臨んで、今までの経歴と手腕を存分に発揮し、県当局に抜本的な灌漑復興の必要性を説き、翌年から大馬木川を根底から作り直すという大事業を勝ち取ったのである。この規模は県始まって以来の大規模なもので島根県第一号の公共事業となったのである。川幅を大幅に拡張した現存の大馬木川は、この事業によって誕生したものである。

村人たちは今更の様に老村長の辣腕《らつわん》振りに仰天した。

「流石は村長さん。ありがたいことだ……。」

感嘆の声が村中に広がり村人は元気付いた。

(五)

翌年の年明けを待ってこの大事業が動き出すと、静寂な山村にすさまじい喧噪と活気をもたらしたのである。世間ではこの事業についての説明会やこれにどう対応していくかを話し合う寄り合いが連日連夜開かれていた。外では工事区域の要所に労務者を受け入れる飯場の建設が始まった。この大工事は中国地方で一番大きな土建会社が請け負った。

　村のほぼ中心地に、この会社の事業所が建ち、村の役場には事業推進室が設けられ県の役人の部屋も用意された。こうして着々と準備が進むのと軌を一にして土建会社から大勢の技師が派遣されてきた。工事の実施計画の立案と基本測量の為である。この大事業の先陣である。この中に栄屋で下宿することになった、佐藤富雄主任技師が居た。

　家主の嘉鋤が備後に行きっ放しで、女所帯同然の栄屋に、がさつな嘉鋤とは対照的な紳士で、しかも男前の佐藤技師が魅惑的な中年女に成長した世津子と同じ屋根の下で住むことになったから早速、世間の耳目を集めたのである。佐藤技師は役場の仲介で、栄屋に下宿することになったが決まるまでにはきつい経緯があった。もともと栄屋は下宿屋などやったことはなかったが、大きな母屋の他に一階には馬屋と農機具庫と作業場。二階には八畳の居間と納戸と流しの付いた離れ家があった。これに目を付けた役場は上役を通じて予め栄屋に下宿のことを打診しておいた。その時、旦那の嘉鋤は、「わしは殆ど備後に行ってばかりで心苦しく思っていたが、そんなことでお役に立てるなら本望だ。」と、半ば承諾していた。それに旦那の嘉鋤から相談を受けた世津子も、

「子供たちが騒がしいけど先方さんさえよければ……。」と、快諾していた。

ところがいざ契約の段階になって、何を思ったのか？　嘉鋤が佐藤技師の下宿に難色を示したのである。この大事業に当たって外部から入ってくる大勢の労務者や技術者の受け入れ態勢を整えることは役場の大きな仕事になっていたのである。村の里の方には旅籠《はたご》があるにはあるが、そこは例えば秋祭りに呼ぶ旅芸人の一座を泊める様な大勢の雑魚寝には適しているが、事務処理や読書などをする技師の生活には適さない。それに佐藤技師は、この事業に携わる多くの技師を束ねる立場にあった。それに主として担当する地域が川の上方で、栄屋がある上区に決まっていたから場所的にも格好の下宿先だった。

その日、役場から新米の小松が佐藤技師を伴って栄屋に契約に行った時、旦那の嘉鋤が、

「世津子が六人の子持ちで下が未だ四歳。その面倒見もあって、手一杯だ。」

と、予想外の言葉を吐いたのである。一見、世津子の身体を気遣った言い回しだが、事前に打診した時より百八十度変わった返事をしたのである。上の松子と竹子がしっかり者で、弟たちの面倒見をする様になっていたし、末っ子の太郎がお婆々に甘える程度で、「手一杯」とは大袈裟な言い様である。

嘉鋤の本音は、役場が新米吏員の小松を寄越したのが気に食わなかったのだ。それに佐藤が予想以上の男前だったことも引っ掛かったらしい？……

追い込まれた小松は、

「無理を承知で来ました。これにはこの大事業の成否が掛かってるんです。」

言わなきゃーいいのに、いきなり役場を笠に着た高飛車なもの言いをしたのである。

早速これに嘉鋤が噛み付いたのである。

「うちの成否はどうしてくれるんだ！」

小松の言葉尻を捉えてきつい難癖を付けた。商売繁盛で羽振りがいい嘉鋤は、

「契約には役場の上役が来るだろう。」と踏んでいたのだ。そこへ新米の小松が現れたから途端に臍《へそ》が曲がったらしい。それに若造の小松が乗っけから役場を笠に着た偉そうな口を利いたから怒りに拍車が掛かったのだ。

「そんなこたぁーお前らに言われなくても解ってらぁー。」と言いたいのだ。だが商売で、一年の半分以上を備後で過ごしているから、ずっと当地に居る者に比べれば受け止め方が薄いのも確かだ。実は佐藤技師は数人の部下と共に年明け早々には当地に来て深い雪の中で測量を始めていたのである。この様子を見て世間では、

「十字軍の先遣隊来る。」

と歓迎ムードに包まれていた。ところが嘉鋤は世間のそんな空気にはとんと疎い。

身内の世津子だって田圃に出た時、薄茶色の制服を着て測量に精を出している佐藤

技師を見て頼もしく思っていたと言う……。だから嘉鋤の「うちの成否はどうしてくれるんだ。」という難癖は世間のムードや世津子の思いとは著しく掛け離れたものだった。小松の側に座っていた佐藤は初対面である嘉鋤の迫力に驚いた。佐藤には嘉鋤の拒絶は全く想定外だった。

嘉鋤は、小松を睨み付け更に下を向いてる佐藤にまで厳しい視線を走らせた。暫し沈黙が続いた後、小松は切り出しの弁がまずかった。と気付いたらしく、

「すみません。ご事情も考えないで。」と謝まると、続けて、

「しもの元木さん家では、快く受けてもらったもんですから……。」と、考えた割には更にまずいことを言ってしまった。確かに、元木宅は栄屋より事情のある家だったが、「快く！」は余分だ。小松は世間の歓迎ムードを代弁したつもりだろうが嘉鋤にとっては、「当てこすり」もいいとこだ。役場は世間知らずを送り込んだものである。

当初、役場では新米の小松を栄屋に契約に行かせるのは不足ではないかと、ためらう向きもあったが何せ、村始まって以来の大事業だから役場では各人川に埋没する土地の買収交渉や県への申請事務、報告業務、等々重要な仕事でてんてこ舞いだった。だからやむを得ず小松を行かせたが、案の定、これが災いの元になった。

「快く！　よそはよそだ。出直して来い！」

嘉鋤が切れてしまった。若い小松を相手に大人気ない話だが最早取り付く島もない。

交渉決裂である。小松は半べそを掻きながら、もじもじするばかりである。佐藤も困惑顔で下を向いている。正にこの時、このやり取りを見聞きしていた世津子が突然、夫の嘉鋤を、

「きぃー。」

と睨みつけ、

「お父さん！　子供のことはいいわよっ。私が見るからっ！」

と泣き顔で訴えたのである。世津子は二人の困惑顔を見るのが耐え難くなったのだ……。

一瞬嘉鋤がたじろいだ。

「小松さんを怒り、佐藤技師さんまで追い返したことが世間様に知れたら私はどうなるの！　どうせ、あんたは家に居ないんでしょ。」

終いに、夫婦喧嘩が始まったのである。世津子は乗っけから「世間様」という極め付けの言葉を吐いて涙ぐんだ。嘉鋤はこの言葉には滅法弱い。世間様と言っても、まず隣のお婆々が念頭にあることは判ってる。世津子の覚悟のほどを感じたのだ。お婆々は嘉鋤が子供の時から面倒を見て貰った怖い存在である。今まで、何度お婆々を背にした世津子の涙に屈服したことか……。それにしてもこの様なことは嘉鋤にとっても世津子にとっても、もっと家庭の大事に係わる時だった。しかも世津子が若い頃

のことだ。嘉鋤には忘れていた珍事である。それだけに世津子の涙は余計に不気味に感じられたのである。考え込んだ風を、すませた嘉鋤は、

「お前のことを心配してるだけだよ。お前がやると言うなら構わんよ。」

嘉鋤は言葉の調子を落として事実上承諾した。下宿代など条件面でも役場の要請をその侭飲んだ。世津子が泣き顔で抗議した後は気味が悪いほど、事が円滑に運んだ。

それにしても唐突とも思える世津子の涙はなんだったのだろうか……。とにかく世津子の激しい機転で難を逃れた小松と佐藤は胸を撫で下ろしながら栄屋を退出した。

(六)

その翌日の夕方、早速、佐藤技師は部下(?)の若衆戸谷を伴って下方の下宿先から僅かばかりの家財を軽トラックに積んで栄屋に来た。未だ残雪がある三月末の土曜日だった。佐藤の行動は技術者らしく素早い。嘉鋤の気が変わらない内にと気が急いたのか?

実は、しもの宿も次の入居者が決まり早く明け渡さなければならない事情があったのだ。

世津子は佐藤の顔を見ると、まるで知古でも迎えたかの様に歓喜し早速、「離れ」に案内した。同伴の戸谷も、

「先生のお宅を拝見しましょう。」と上手を使いながら後を追った。

「どうぞ、どうぞ、だんだん。」

世津子は嬉しそうに返事した。世津子は先生と呼ばれた佐藤技師と戸谷を振り返り、佐藤の顔を盗み見してから、ふたりを先導して離れの階段を上った。

「佐藤先生、夜は足元に気を付けて下さい。電気のスイッチはあそこです。」

世津子は、戸谷と同じ敬語で、階段下方にあるスイッチを指さした。

佐藤は、世津子に続いて階段を上り切ると足溜まりで立ち止まり戸谷を見据え、

「おいっ。先生はないぞ。山本さん、〝佐藤〟と呼び捨てにして……」

と、戸谷を怒ってみせた。

「でも……。」世津子がためらうと、佐藤は、

「いやいや。呼び名で、つっかえてはねぇー。」

と、とぼけた言い方をしながら戸谷と世津子を見やった。

「では、私は世津子です。よろしくお願いします。」

世津子も負けず劣らず改まった答えをした。世津子は今後、佐藤が生活する部屋の戸を開け、

「粗末な部屋ですが……。」

と謙遜しながら佐藤を招き入れた。戸谷も続いて入った。

部屋はきれいに掃除され、和タンスも用意されていた。洋服をしまう押し入れもある。

部屋の前側は手すりの付いた出窓になっていて小物を置くのに格好だ……。

佐藤は部屋の中を見渡しながら、

「これはいいやっ。しもの宅より広いし、きれいだわっ。」

と、感嘆することしきりだった。それを追って、

「これからは先生のお宅で泊めて貰えますねぇ。」戸谷が軽口を叩くと、佐藤は、

「馬鹿っ！　山本さんの許可がなきゃー。」

と、窘《たしな》めた。世津子は、佐藤技師と戸谷のやり取りを見て微笑んだ……。

佐藤が気に入ったことは確かだが、もっとも気に入らなくても他にある訳ではない。

一寸間を置いて、世津子が、

「ただ便所とお風呂は家の者といっしょですが……。」

と、申し訳なさそうに佐藤に断った。

「そりゃー、そうですよ。どこでもそうですよ。」

佐藤が応えた。世津子は続けて、

「家族同様のお付き合いをお願いします。」

「そうして頂くと、ありがたいですわっ。」

佐藤は大袈裟に応えた。終わりそうにないふたりのやり取りに痺れを切らしたのか、戸谷が、

「さぁー、荷物を上げましょうかっ。」と催促した。

「おぉー、日が暮れるといけんけん。」

佐藤は慌てた素振りをして見せた。すると戸谷が先に、続いて佐藤が部屋を出て階段を下りた。世津子もその後を追った。佐藤と戸谷がふたりで仕事用自転車をトラックから下ろすと、少し大き目な事務机をふたりで用心深く階段で持ち上げ、出窓の前に設えた。

ふたりの男手が要るのは、たったのこれだけである。後は佐藤ひとりでも処理できるものばかりだ。トランクと小さい柳行李、一個ずつ。それに風呂敷包みと古びたラジオ。これらが佐藤の生活家財の全てだった。これを見た世津子の目元が緩んだ。愛しく思ったのだろうか？　戸谷が事務机を備え終わると、

「ありがとう。後は俺だけでやれるけん。」

佐藤の声を背に庭に下り、小型トラックで引きあげて行った。その後も世津子は部

屋に残り佐藤の片付けを手伝った。衣類をしまう場所、洗面用具の置き場所、物干し場、などコマゴマと佐藤に伝えた。世津子は、手伝いながら間合いを測っていたかの様に、

「昨日はごめんなさいね。主人があんなことを言って……。」

と昨日の、夫嘉鋤の行状を謝った。

「いえいえ、よろしくお願いします。」

佐藤は余裕あり気に応えると、前の窓を開けて外を眺めながら、

「あぁー、川がよく見えますねぇー。これじゃあ工事の進捗状況がよく解るわっ。」

と、感激の体である。

「前の畑からも佐藤さんがお仕事されているのがよく見えますよ。」

「あっ、そうですか。」

佐藤はさり気なく応えたが、ふたりの声は弾んでいた。

話が一区切り付くと世津子は佐藤を促して対座し、顔を見上げながら、

「朝食と夕食は、何時頃にしましょうか。」と尋ねた。

その時、佐藤は今の今まで野良着姿の野暮ったい印象しかなかった世津子が粋な普段着に着替えて自分の前に座って居るその姿を目の当りにして、「不覚だった!」と、悔恨にも似た思いに駆られたのである。眼前に居る世津子は、若く美しくその所作は

洗練されていた。言葉も懐かしい備後訛りが混じった標準語である。佐藤は、「この土地のおばさんとは違う。」と直感した。実は佐藤は備後出身だったのである。

話は続く、

「普段は、夕方五時には仕事が終わりますから五時半には帰れます。朝は八時始まりだから六時頃には起床しないといけませんねぇー。」

「それなら夕食は、風呂に入られた後、六時半ころですか。朝食は七時前にしましょうか。」

「そうですねぇー。夕食はその頃にしてもらいますか。何か寄り合いや打ち合わせなんかで遅くなる時には前日にお話しします。朝食は元木さん宅では六時半でしたが現場が近くなったから七時前でいいでしょう。」

「じゃあー、そうさせて頂きます。」―反復して、念入りである。―

「それから昼食はどうされます？　お弁当作りましょうか。」世津子が尋ねると、

「そうですねぇー、元木さん家では下の旅籠が近かったから、そこの食堂で済ませていたんですが一寸遠くなりましたねぇー。」

佐藤は首を捻りながら、ためらっている。

「いいですよ。うち（家）では子供の弁当を五つも作っていますから佐藤さんのを作っても同じですわ。でも〝おかず〟は子供のものと同じ様なものですが……。」

「ほんなら、そうして貰いましょうか、〝おかず〟なんか何でもいいです。馬木のお米は旨いから栄屋のご飯に、山本さんが漬けたお新香さえあれば最高です。だんだん……。」

佐藤は、真面目な顔で上手を使いながら、結局、世津子に依願した。

「あらっ。お上手ですこと。はいっ。いいですわよっ。」

世津子は顔を綻ばせながら、あっさり弁当作りを承諾した。

世津子にとって、こんな温もりのある会話は初めてのことだったろうか？ 時が経つのを忘れていた。佐藤が栄屋に来てから大分時が経っていた。屋外は暮色に包まれた。

「家の方は、大丈夫ですか。」

佐藤が声を掛けた……。

「大丈夫です。夕食の支度は済んでいますし、上の松子や竹子が居ますから、太郎は隣のお婆々が相手しています。」

世津子は、即座に佐藤の心配を抑えた。

「まだ、追い追いに、お願いすることもあるでしょうから……。」

「そうですねぇー。佐藤さん、お腹空いたでしょう。」

世津子が立ち上がろうとすると、佐藤が慌てて、

「いや。今夜は、元木のおばさんが〝お別れ会〟だ、と待っていますから……。」と、予定を告げると、世津子は、

「あっ、そうですか。」と、捨て鉢に応え、渋々立ち上がった。佐藤も帰ろうとした。最早これで下宿に関する会談は終わるかに見えたが突然世津子が、

「あっ、そうそう。」と、踵《きびす》を返すと、

「食事の好みを聞いておかないと。と、言っても野菜が主ですけど。」と、大事なことを忘れていたと言わんばかりに佐藤に尋ねた。佐藤は世津子を見詰め、

「僕は何でも食べます。好き嫌いはありません。」と力んだ。すると世津子は、

「奥さんの教育が良かったんですねぇ。」と、少し突っ込み過ぎる言葉を吐いた。佐藤は、

「備後を出てから、どさ回りばっかりだから嫁さんはいないんです。」とはにかむと下を向いてしまった。

「あらっ！」

「私も備後生まれです、同郷ですよ！」世津子は出身地を強調して紛れさせた。

「さっきから、僕もそうではないかと感じていました。」

「生まれた土地の訛りはなかなか抜けないですよねぇー。」

「そうですよ。僕もすぐお里が知れるんですよ。」

ふたりは懐かし気に話し終わると、そこで黙った。互いに追憶したいだろう古里談義も何故か、ここで途絶えた。ふたりは沈黙した侭、離れの階段を下り、庭に出た。

佐藤は、足早に母屋の玄関口に立ち、

「明日から、よろしくお願いしまーす。」

と、家の中の嘉鋤に、目一杯太い声で退出の挨拶をした。すると、

「こっちこそ、よろしくっ。」格子戸の奥、台所の中から嘉鋤の機嫌良さそうな大声が返ってきた。晩酌をやってることが直ぐ解る弾んだ声だ。これを確認した佐藤は、

「じぁー明日。」と世津子に声を掛けると、自転車に飛び乗って下方の宿に向かった。

辺りはすっかり暮色に包まれていた。世津子は庭先の角で姿を消し、再び下の道路に微かに浮かぶ佐藤の後ろ姿を確認すると、それが暗がりに消え去るまで見届けた。

道路のところどころに残雪があり滑り易い。世津子はそれが心配だったのだ。

佐藤が栄屋に来てから既に二時間余も経過していた。世津子は年甲斐もなく迎え入れに熱中し、時が経つのを忘れていたのだ……。佐藤を送り終わってわれに返った世津子は、家の中の空気を察してか玄関口の手前で一瞬立ち止まった。さっさと足が前に出なかったのだ。それでも直ぐ気を取り直し、

「待たせたわねぇー。」と、詫び口上を言いながら家の中に入った。だが奥の台所からは何の反応もない。お婆々はもう居なかった。それでも世津子はずかずかと土間を

進み、縁側を上がり、台所の格子戸を勢いよく開け、

「お腹が空いたでしょう。先に食べればよかったのにぃー。」子供たちに声を掛けたが、今夜は様子が違う。何時でも先に声を掛けてくる長女の松子も黙ってる。十二の瞳が、一斉に世津子を凝視した。

この空気に馴染めない末っ子の太郎だけは世津子に抱き着いた。

「わぁーん。」

「今まで、何してたんだ。馬鹿もん！」

案の定、嘉鋤の叱責が飛んだ。それから堰を切った様に罵倒が始まった。

「だって、いろいろ約束事もあるでしょう。」

「だってもヘチマもあるか。なんの約束をしたんだ。馬鹿もん！」

馬鹿を連発しながら嘉鋤の罵倒が続く。

「お父さんは、明日、備後に行くんでしょっ。」

何時もは、母さんを庇《かば》い立てする松子も、今夜は世津子に厳しい。

「ごめん、ごめん。早く切り上げればよかったわねぇー。」世津子は反省の弁を吐いた。

弱みに付け込むことに長けている嘉鋤の攻め口を知り抜いている世津子にしては軽率だったが、後の祭りだ……。

それにしても見たこともない子供たちの異様な眼差しに、世津子は衝撃を受けた。

これから佐藤技師の世話をするというのに家の中に何か重たい荷物を背負い込んだ思いに駆られたのである。ただ、後で松子がこっそりと告白したことで少し安堵した。

松子によると、夕方、お婆々が下屋敷に帰って行くと、旦那の嘉鋤は早々と晩酌を始め、杯が進むにつれ一人で荒れまくり、

「旦那が、あした商売に出掛けるちゅうのに、何してんだ！」

「男ったらしがっ！」

「!?………」子供たちは驚愕《きょうがく》した。

「若い男が来ると直ぐこうなんだから。」父の嘉鋤は次々に罵詈雑言《ばりぞうごん》を並べ立て、終いには子供たちを見渡しながら同調を求める節度のないものだったという。

佐藤へのやっかみか……。それにしても世津子の胸中を見透かした様な言い草である。

今まで時々ふたりの言い合いを見ている子供たちにとっても今夜のそれは度外れたものだった。世津子は嘉鋤の、こんな行状にもとうの昔に免疫が出来ているが子供たちはそこまではいってない。

嘉鋤には、永年の悪癖があると言うのである……。商売で備後に出掛ける前には出

征兵士気分になり、世津子に、しとねの伴を強要するそうである。だが、このところ世津子にはぐらかされ通しだから頭に血が上ったらしい……。―いい年をして。―

幼少にして母を亡くした所為か嘉助は子供の頃から女ったらしだったという。その延長で世津子は何時までも続く嘉助の戯れごとが煩わしく、嫌気が差していたのだ。だが子供たちにはそんな煩悩の戦いまで解ろう筈もない。結局、大声でがなり立てる嘉助の見幕にすっかり怖じけついたというのがことの真相らしい……。

世津子には、子供たちの異様な眼差しはこれが原因だろうと察しがついた。

（七）

難産の末、下宿が決まった佐藤技師は、二日後の夕方、栄屋に移ってきた。しも（下）の宿に残っていた身の回りのものが入っているバッグ一つ持ってきた。

「今日からお世話になりまーす。」佐藤は玄関を開けるなり大声で入居の挨拶をした。

「はぁーい。いらっしゃーいっ。」格子戸の向こうから世津子の弾んだ声が返ってきた。

すると直ぐ格子戸が開き世津子が出てきた。先日の騒ぎはふっ切れたのだろうか、世津子は満面に笑みを湛えながら佐藤を迎え入れた。後を追って出てきた、長女の松子や次女の竹子も、笑顔で佐藤に会釈した。弟たちは台所に集まっている風だが、格子戸の奥から「あっ。来た来た。」と歓声が上がると、中には「パチパチ」と手を叩く者もいる。末っ子の太郎らしい……。二日前の反動からか大分様子が違う。

「よろしくねぇっ。」佐藤は、松子と竹子を態と覗き込んで声を掛けた。

咄嗟に旦那の嘉鋤が居ないことを察したが、平静を装った。松子も竹子も高等科の二年生と一年生になりもう大人だ。だからこの事業の意義やこれに伴って起こる様々な環境の変化を理解できる年齢になっていた。

殊に松子は、常日頃佐藤技師が薄茶色の作業服を着て測量している姿を見て何となく好感を抱いていたらしい……。実は世津子から内々に佐藤技師の下宿を相談された時、松子と竹子は「私たちも協力するわ。」と直ぐ賛同したという。これを聞き付けた弟たちも喜んだ。一番下の太郎などは手を叩いて喜んだというのである。

栄屋は、殆ど父親が居ない母子家庭の様なものだからこんな情景が現出したのだろう。世津子は佐藤を促して薄暗い離れに案内した。階段の照明を点け先導して上がると、佐藤の居室になる部屋に入り明かりを点けて迎え入れた。

部屋の窓側に設置した事務机の上には梅の花を挿した花瓶が置かれていた。今朝、世津子が設えたものである。

「あっ、きれいだ。ありがとさん。だんだん。」佐藤は目一杯喜びの言葉を吐いた。

「気に入りましたか。外の花は早く散りますが、花瓶の花は持ちますから散ったら他の花をね。」

世津子は、思わせ振りに話しながら佐藤に近づき、

「さっ、お風呂にどうぞ、その間に食事を支度しておきますから。」

佐藤に風呂を勧めて母屋に帰った。その間、十分少々、世津子には一昨日の嘉鋤の詮議が余程堪えたのだろうか（?）。それより松子や竹子の疑念を避けたい気持ちが強かったかも……。いずれにしても子供たちにとっては早いお帰りだ。世津子は子供たちに夕食を勧める傍ら、佐藤の食事を離れに支度した。子供たちの夕食は松子が仕切った。

世津子は、これからこの様な生活リズムが続いていくだろうと、実感していた。

佐藤が母屋続きの風呂から離れの居室に帰ってみると世津子がお膳の前に座って待ってた。

世津子は、佐藤の怪訝《けげん》な顔を見上げると、

「今晩はご一緒させて頂きますわっ。佐藤さんの屋移りですもの。」

当然だと言わんばかりに告げた。このことは子供たちにも入念に話しておいた。

「それはありがたい。でも子供さんは大丈夫ですか。」

「子供たちにも話してあるの。松子と竹子がいますから。」

「御馳走ですねぇー。」佐藤は世津子が支度した料理を眺めながら感激の体である。

「佐藤さんの引っ越し祝いですからお酌させて頂きますわ。」

「それは光栄ですねぇー。だんだん。」

佐藤は律義にお礼を言いながらお膳の前に座ると、着物の袖を捲り上げ、野菜の浸し、煮物、こう茸の漬物、など沢山の料理の中から焼き魚を選んで、

「この魚は？」と箸で指した。

「こっちの方では〝コギ〟と言って川魚では最高の魚です。」

「ほぅー。」佐藤はしげしげとそれを眺めた。

「隣のお婆々が〝伜が今朝釣ってきたものだが技師さんに〟と届けてくれたんですよ。」

世津子は、さりげなく隣のお婆々との緊密さを披瀝した。相互扶助の気風の強いこの地でもお婆々との絆は特別のものらしい。新参の佐藤技師にも察しが付いた。

「あぁー、そうですか。それはありがたい。コギのことは聞いてはいましたが、味わうのは初めてです。頂きまーす。」

佐藤は早速、魚に箸を運ぼうとした。すると、世津子が佐藤の手を遮り、

「まぁーお酒をどうぞ。私も頂戴いたしますわっ。」と、言って燗徳利を差し出した。

「あぁー仁義を忘れてましたねぇー。」

佐藤は、また格好付けながら大きなオチョコを差し出した。世津子は、これになみなみと燗酒を注いだ。佐藤は、これを一気に飲み干すと、

「あぁーうまい。さあー返杯ですよ。」オチョコを世津子に返した。

「まぁー恐れ多いわぁー。佐藤さんにお酌して頂くなんて……。」

予定の仕儀なのに世津子は大袈裟に応えながら佐藤の返杯を見事に飲み干しオチョコに付いた口紅を指先で拭いて佐藤に返した。それから杯の交換が始まった。世津子は年を増すと共に酒も強くなった様だ……。これだけは旦那の嘉鋤に鍛えられたらしい。

佐藤も、世津子の見立てに違わず酒豪だ。杯の乾きが速い。

佐藤は世津子の手料理の数々に箸を運び、「おいしい、おいしい。だんだん。」を連発しながら、世津子の杯を重ねた。一期一会となった早春の夜は、ふたりを鼓舞して止まなかった。杯が進むにつれ佐藤は饒舌になった。

「今度の工事は、今まで僕が経験したこともない大規模なものだ。こんな大事業を勝ち取った笹森村長は大した人物だ。」

「恐らく、この工事は三～四年は掛かるでしょう。いやもっと掛かるかも知れん……。」

「?!………」世津子はびっくりしてる。

「今までいろんな土地を渡り歩いてきましたが馬木は、風光明媚だし、第一みなさんの気持ちがいい。こんな所で仕事が出来るのは幸せです。」

お堅い講釈から一転して郷愁の様な、この地への褒め言葉も出たが、何となく世津子への期待感の様にも聞こえる。世津子は佐藤の饒舌にも、

「あぁーそう。そうですかー。」と、相の手を入れながら佐藤にお酒を勧めた。暫くして、我に返った佐藤は、

「あっ、ごめんごめん。こっちばっかり講釈を言って……。」と、世津子に謝った。

「いえいえ。私の様に家に籠もり切りだと、狭いこの土地のことだけで広い世間のことは解りませんわ。勉強になりますわっ。」世津子は快活に応えた。考えてみれば……。世津子にとって、こんな真面な会話は女学校以来のことである。遠い昔のことだ。

「当地に嫁に来て以来、常に世間に馴染もう。栄屋に居着こう。という気概が先立って真面な会話はなかった。心耳に残っているのは、がさつな夫、嘉鋤の罵詈雑言《ばりぞうごん》だけだ。」などと回想していた?……。ちょっと間を置いて、

「広島の女学校時代が懐かしいわっ。」世津子が突然、昔のことを回顧した。

「えっ！　僕も近くの高等専門学校に行ってましたよ。入ったのが十六年も前ですが

……。」

「私は、十八年前のことですが、殆ど同時代ですねー。」

「全く同世代ですよ。二年位は重なっていたんですよ。」

「そうですよねぇー。」

「当時、広島女学校の制服に憧れたもんですよ。山本さんは特に映えていたでしょうに……。」

佐藤は、すかさず世津子を持ち上げた。

「あら、あら、まぁー。だんだん。」世津子は何かふっ切れた様に言った。

当初、世津子は佐藤技師との酒飲み話は、抹香臭《まっこうくさ》い身の上話になるだろうと覚悟していた。川岸で初めて見た時の印象や昨日交わした会話などで何となく気になっていたから仕事を主題に、更に懐かしい学生時代を回顧したことで安堵したのである。

「主人は、昨日、商売で備後に発ったわっ。」

暫く経ってから世津子は思い出した様に佐藤に告げた。

「そうですか。」佐藤は平静を装った。

大分夜も更けてきた。佐藤の饒舌に根気よく付き合っていた世津子が、

「母屋の片付けをして来ますから……。」と、突然立ち上がった。

「そうして下さい。もう僕も終わりです。御馳走様でした。」佐藤が気遣うと、

「後で布団を敷きに来ますから……。」と世津子が次の行動を告げた。佐藤は慌てて、

「そっ！　そんなことは、ぼ、僕の仕事ですよ。」

と力んで世津子に断った。だが酔いが回った佐藤は呂律《ろれつ》に来ている。

「じゃー、お頼みしますわ。北はこっちの方向ですから、枕はこっちですよ。」

酒が入ってる世津子も、姉ご口調で身振り手振りを交えながら指図した。

「お膳はその侭、流しに出しといて下さい。後で片付けますから。」

「ハイ、そうします。」

赤ら顔の佐藤は、世津子のゆび指しの方向を見ながら母親の言い付けでも聞くかの様に柔順に応えた。このやり取りはこれからの下宿生活の取り決めでもあるのだ。

ややあってから、世津子は指で顎を摘まむ仕草をしながら、

「取り敢えずこれだけでいいですかねぇー。」と、佐藤に告げる訳でもなく独り言を呟きながら部屋の入り口の方にゆっくり歩を進めていた。佐藤はその世津子の背を見て後ろ髪を引かれた。

「ご馳走さまぁー。だんだん。」

世津子の背に大声を掛けると、未練たっぷりに、ふらふらっと立ち上がった。

背後に気配を感じた世津子が振り返ると佐藤は、ひょろひょろとよろけ、ぱたっと、居間の壁に手の平をついたのである。

「危ないですよっ！」

世津子は佐藤に駆け寄ると、脇に肩を入れて担ぎ、背中に右腕を巻いて佐藤を支えた。

するると転倒を助けられた筈の佐藤が突然世津子に抱きつき世津子の身体をくるりと回して壁に押し付けるなり、酒臭い口を世津子の鼻先に突き出したのだ。世津子は咄嗟に、

「だめよ！」と、大声を発した。すると確かに足元《もと》が悖らないほど深酔している筈の佐藤が、壁に片手をついて支え、まるで紐《ひも》の切れた操り人形の様に動作を止め、頭を垂れたのである。この様を眼前にした世津子は佐藤の胸に両手を当て肘を延ばして顔を離し首を傾《かしげ》て佐藤の顔を覗き込んだ。すると佐藤は恥ずかし気に、「ごめんねぇ。」と、微かに叫び、また下を向いてしまった。それを追って世津子は下を向いた侭の佐藤の顔を手繰り上げ、

「やぁーねぇー。」と、頰を人差し指で悪戯っぽく突っ突いた。それでも尚佐藤はそこを離れない。世津子は構わず佐藤の片手を摑んで脇に畳み込むと引導を渡した。

―世津子は妙に強気だ。―

「お休みなさいっ。」

世津子は、頭を垂れている佐藤に、しっかりした声を掛けると、部屋を下がり足早

に階段を下り、母屋の台所に辿り着いた。台所には、もう誰も居なかった。殊更に潔癖《けっぺき》振った行動である。案の定、世津子にも太い余韻が残った。

「何んだか無理して退避したりして……。」自らを詰ると、

「それにしても、三十歳を超えた佐藤さんが酒酔いにかまけて稚拙な行為をしたりして……。」

と、ひとりで含み笑いした。—仕掛けが早すぎる。—　でも、世津子にとって佐藤のこの稚拙な行為が堪らなく新鮮に思えたのである。

一方、佐藤は尚も残り酒を飲みながら、立ち上がっては窓を開けて川を眺めたり、横になって肘枕をしながら机上の書類に目を転じたり、天井を見回したり、無秩序な動作を繰り返すばかりだった。それは恰も新居での夕餉を堪能してる風でもあったが実は世津子との出会いの余韻に身じろぎしていたのである。

「明朝、どの面《つら》下げて山本さんに会えるだろうか……。」そんな思いが佐藤の脳裏を駆け巡っていたのである。

やがて夜半が近づくと佐藤は、流石に飲み草臥れたのか、世津子の指図通り、お膳を片付け、布団を敷き、不承不承《ふしょうぶしょう》寝床に入ると間もなく闇夜の底に沈殿していった。向後、夜の帳がとっくに開き、早春の太陽が裏山に昇り切った頃、佐藤は漸く深い眠りの底から脱出した。—生理的お呼びで目が醒めたのだ。—

何時の間にか枕元に、朝食がポッンと置かれていた。寝醒めの佐藤は用心深く階段を下り、離れの端の便所に向かった。庭に出て見ると、裏山の空の陽光が相対する西方の山の雪渓に反射し一瞬、目を閉じるほどだった。

便所は確かに世津子が済まなさそうに断っただけのことはある。

そこは離れの角隅にあり、屋敷の場末に位置する。ガラガラと戸を開けて入ってみると、うす暗く天井の高い、だだっ広い空間があり、床は年季の入った黒土である。そこに大きな桶が埋装されており、その上に二本の丸太を渡し、更に二枚の厚板を井桁に設えただけの開放的な所である。佐藤は用心深くたたらを踏むと、〝ロダンの考える人〟になった。

肥桶の底は限りなく深く、不気味に感じられた。佐藤は、

「これだと、ポットンの跳ね返りはないだろう。」と一安心した……が、その後直ぐ、

「もし、ここで昨夜の様なことを演じたとしたら確実に踏み外し奈落の底に落ちるだろう。」

など、と妙な反省をしていた。

だが、田舎便所も蔑むことなかれだ！……。子供たちの教育にも役立っているのである。常日頃、親の言うことを聞かないで腕白ばかりしている子供たちに、

「神無月が来ると、きっと、センチ（方言で肥桶のこと）の底から〝からさで婆さ

ん〟が頭を擡《もた》げ、お前のお尻を鳥の羽根で撫でるんだから……。」と言うと、大概の子供はチンコが縮み上がってしまう。元より、語りべ婆さんの言い伝えだが……。更に続けて、

「日本全国の神々が出雲大社に集まる神無月になると周りに神様が居なくなる。そうなると、妖怪が活発に活動し始める。〝からさで婆さん〟もこれに合わせて動き始める。〝からさで婆さん〟は、頭の天辺から太くて長い白髪を背中にまで垂らし、僅かに垣間見る顔は皺《しわ》枯れているが、眼は人を射るほどだ！　悪いことに、この婆さん、頭が冴えていて腕白坊主だけはしっかり覚えているんだから……。」

と、ここまでもの語りを詰めると、子供たちには効果覿面《こうかてきめん》。その効果は年単位だ。男親が居ない栄屋では腕白盛りで生傷が絶えない子供たちに、

「〝からさで婆さん〟に言い付けてやるから……。」と、盛んに諫め事に使ってきたのである。この語り草は、佐藤も当地に来てから早々耳に入ってたから腰下に緊張感が走った。

所用を済ませた佐藤は居室に戻ると、さっぱりと顔を洗い、普段着に着替え、世津子が支度した朝食を食った。―家庭の味だ。―　佐藤は朝食を堪能し終わると、古びたラジオを点け朝番組を聞いていた。それから間もなくのことだった。佐藤は何を思ったのか？　奇妙な行動を起こした。食べ終わった食器を流しで洗い始めたのであ

る。尤もこれは初めてのことではない。大分前になるが飯場ではやってたことだ。でも栄屋ではやるべきことではない。

「流しに出しておいて下さい。」と、世津子から厳命されていることである。洗い終わると布巾で拭いてお盆に載せ階段を下りると母屋の入り口に進みそこで立ち止まった。

一瞬、そこでためらったが、次の瞬間、

「ご馳走様でしたぁー。」と、家の中に思いっきり大声を掛けたのである。

「はぁーい。」太い声が反響すると、格子戸が開き世津子が出てきた。世津子は、お盆を持って突っ立っている佐藤を見てびっくり。松子も竹子も怪訝な顔で台所から覗いた。

「なんで！　洗ってくれたの。そんなのいいのに私の仕事よ。」

世津子は半ば叫び声で佐藤に詰め寄った。

「！…………」佐藤は黙して語らない……。

「よく眠れました？」

「！…………」

「朝食を運んだ時、よく寝ていらっしゃったから声をかけなかったわ……。」

世津子が何を言っても佐藤は、ただ恥ずかし気に下を向いた侭、その都度、頭を下げて無言で応えるだけだ。以後、佐藤は一日中部屋に籠もりお堅い休みを過ごした。

（八）

確かな営みの初日となった日曜日も一夜が明けて、佐藤技師が栄屋から初出勤する朝がやって来た。その日、佐藤は世津子と取り交わした通り早めに起床すると、六時過ぎには朝食を済ませ、出勤時間を待っていた。今まで佐藤の出勤と言えば、ある時は旅籠から、ある時は町の下宿屋から、ある時は工事現場の飯場から、と様々な形態があったが、そこでは世間で展開されている温もりのある体験はなかった。ただ、朝の時間にせきつかれる。それが全てだと言っても過言ではない。佐藤が〝どさ回り〟と自嘲した様に土木技師の宿命というものだろうか。

一方、世津子は五時には起きて食事の支度をし、子供たちと佐藤の弁当を作り終えていた。農家は、朝が早いから普通のことだが世津子には特別の高揚感があったのだ。出勤を待機していた佐藤は古びたラジオでニュースを聞いていた。すると、

「気をつけてねぇー。」母屋の玄関付近で世津子の声が響いた。これに呼応する様に、

「行ってきまーす。」と、子供たちの合唱が反響した。子供たちの登校だ……。

学校の始業時間は八時だから佐藤の就業時間と同じだが、佐藤の出勤より三十分は早い。学校は下区にあるが普通の道なら子供の足でも三十分位だが今の道路は脇に雪があり、トラックの車輪の跡が歩道になってるから四～五十分は掛かるだろう……。やがて、

「トラックに気をつけてねぇー。」隣のお婆々らしい（？）太い大きな声が後を追った。

佐藤が慌てて階段を下り庭に出てみると、長女の松子を隊長にした五人の大所帯だ。

松子と竹子は高等科の二年と一年。長男の茂介、次男の与之介、三男の末吉は、夫れ夫れ、初等科の五年、四年、二年生だ。末っ子の太郎も再来年は小学校に入る。次々に控えている。

長女の松子は否応なくしっかり者に育ったのである。

「気をつけてねぇー。」佐藤は思わず子供たちの背に声を掛けた。子供たちは一斉に振り返り、初めて佐藤に手を振って応えた。佐藤は我を忘れて手を振った。

「行ってらっしゃあーい。」剽軽な太郎が万歳した手をグルグル回しながら、ねぇーちゃんたちを送っている。大袈裟な仕草は、佐藤に目立ちたい気持ちの表れだ（？）。われに返った佐藤が周りを窺うと、ひとりのお婆さんがこちらを見て、にこにこして

いた。

―件《くだん》のお婆々だ！―　佐藤は自らお婆々に近づくと、

「はじめまして。昨日は〝コギ〟を、ありがとうございました。」

と、まず差し入れのお礼を言った。するとお婆々は、「いやいや」と手を振って佐藤の顔をきぃーっと見上げ、

「佐藤技師さんかい。」と問い質す様に言うと、

「世津っさんを、よろしくね。」と詰めたのである。咄嗟に佐藤は、

「ハイッ。」と返事して頭を下げた。その後で直ぐ、

「何のこと？……こっちが言うべきことを先に言われてしまった。」と妙な気持ちになった。佐藤は昨夜の世津子との絡み事を見透かされた様な思いに駆られたのである。

それにしても、お婆々の身体から発する言語には迫力がある。確か、お婆々の歳は、七十歳を過ぎてると聞いてたが、とてもそんな風には見えない。喉の辺りには多少の〝たるみ〟はあるが、顔にははっきりした皺も見られない。若い頃は、相当な美人だったろう……。

それよりなにより生気が漲っている。佐藤は、

「なるほど、山本さんが頼りにしている訳だ。」と感じ入った。

お婆々は、自分家にも孫が居るから栄屋の子供の見送りにくることは滅多にないが、今朝は、新参の佐藤技師の初出勤を見届けに来たらしい……。

世津子と佐藤にとってはお邪魔虫の様なものだが、心強いことだ……。

子供たちは、栄屋の屋敷周りの細道を下り、下（した）の道路に現れた時には人数が増え、大部隊になっていた。下屋敷の孫や近所の子供たちが合流したのだ。中には男の子も混じっているが女の子の方が多い。松子と竹子を先頭に、トラックの車輪が付けた道に従った二列縦隊である。松子は女だてらに、この辺りの番長を張っているのだ。

これを見届けたお婆々が、

「みんな行っちゃったねぇー。」と呟きながら世津子を振り返った。

さあー、次は佐藤技師の初出勤の番である。世津子は台所に駆け込むと、佐藤の弁当を持ってきた。世津子は、それを見詰める佐藤に向かって、

「はぁーい。」

と声をかけながら、しっかりと手渡した。佐藤は、

「ありがとさんです。だんだん……。」

と叫びながら拝む様な仕草をして受け取った。

何だか儀式の様だったが、世津子にとっても佐藤にとっても初めて体験する幸せな

瞬間だったのである。この光景を、お婆々は顎を突き出しながらまじまじと眺めていた。

間もなく、佐藤は、仕事用の自転車に乗ると、栄屋の通用道を下っていった。世津子とお婆々は、暫くの間、佐藤技師の後ろ姿を見届けていた。

(九)

この地には昔から、「世間体と噂話」が人々の営みを差配する様な風土があった。その意味では、現代のマスコミの権力に似ている。世間体の善し悪しは、他人が評価することだから、昔からの仕来りや言い伝えがあるから、それに従い、あるいはそれを避けることが出来るが、噂話は始末が悪い。口伝えが情報伝達の主流だから、それが醜聞であれ、好事であれ、お上の意向であれ、その威力は絶大だった。

燎原の火の如く広がる噂話は止めようがないのだ！　これが村の末端に伝わった時には発信の時とはすっかり変質し、全く逆の言語になることだってあるのだ。人々はその葉風が怖いのだ。そんなこともあって、この地ではあれこれ噂話はするがこれで当人に意見することなど滅多にない。だから噂話が独り歩きし、これが時には良風となったり、悪風となって人々の身に降り掛かってくるのである。陰湿と言えばそうかも知れないが、「内部干渉まではしっこなし。」というのがこの地の良き風習でもあるのだ。

世津子は、この地に嫁に来てから、備後とは著しく異なる出雲の風土に早く馴れることから始めた。部落の常会や労役に参加したことは大いに役立った。元よりお婆々の指導が決め手になったことは言うまでもない。こうして世津子は、この地の風習に馴染んできたのである。しかし、そんな所に、更にこの地の風潮を煽る様な事態が生じたのである。

本格的に河川工事が始まってから間もなくのこと、自然発生的に井戸端会議ならぬ川端会議が誕生したのである。土木の仕事が終わると、会議が始まる。

会議と言っても酒を飲んで埒《らち》もない世間話をして憂さを晴らすのが目的である。

これには土木の仕事で、滅多にない日銭が入り懐が暖かくなったことも絡んでいるから始末が悪い。ここが新たな情報の集積地、喧噪の発信地、として物議を醸すことになった。

後々、この葉風が世津子に苦難を課すことになったのである。

だから当初から川端会議は世間から歓迎されることはなかった。連日、未だ陽が残る夕暮れ時、川縁にとぐろを巻いて繰り広げられる集まりは、山裾に連なる民家からは丸見えだ。夕方忙しい農家の人たちは、これに強い違和感を覚えるのである。これを見兼ねた部落の長老が、「この忙しい晩方に、〝やくてぇなし（役立たず）〟が、駄ぼら吹きっこしゃーがって！」

と、口を極めて怒鳴り込んだが、勢い付いた会議が止むことはなかった。

―案の定― やがて栄屋の下宿を巡る揉め事が川端会議の話題になった。だれが漏らしたのか？ 噂話の復唱が始まったのである。

「嘉鋤さんが、大分捏《ご》ねたらしいねぇー。」

仲間のひとりが先陣を切ると、次から次へと続いた。

「初めは世津さんの身を案じた風に断ったらしいが……。」

「自分のことは棚に上げて、世津さんのことが心配だなんて笑わせるよ。」

口さがない詮議話が弾んだのである。〝自分のことは棚にあげて〟と言うのには訳がある。嘉鋤は、年の半分以上備後に逗留しているが、あっちには妾が居て、ふたりも子供が居るらしい……。と噂されていたからそのことを蒸し返したのである。

「それを世津さんが勘付いたのか、誰かが耳に入れたのか？ この頃、世津さんと嘉鋤さんの仲がしっくりいってないらしい……。」などと本人に聞いた様な情報も飛び出した。

大体、噂話などは経時考証が不正確である。もうとっくに終わってることまで、今更の様に言いふらすのである。

「なんでなんで……。世津さんが別嬪さんだから心配なんだよ、それが本音さ。」

若衆の中でも、比較的年長の好造が知ったか振りをして決めた。

「はっはーそげか、そげかっ。嘉鋤さんの〝焼き餅〟ははばしい（激しい）らしいからなぁー。」

みんなの相の手も出て話は盛り上がった。ここら辺りが潮時だがまだ続く……。

「前々から、思っちょったが……。あの跛《ひ》の嘉鋤さんが、なんで世津さんみたいな別嬪さんを嫁に貰ったんだ！」

上の紅《ゆづりは》のあんちゃんが、怪訝な顔でみんなに問うたのだ。こんな思いは永年みんなの疑問でもあった。

「なにっ！　嘉鋤さんが、どっかで手込めにしたんだよっ。それしかねぇーよっ。」

若い〝でこせまち〟の捨松が、みんなの思いを代弁したつもりで禁句を吐いた。

「でこせまち」という言語は当地でよく使うが、概ね「でしゃばり屋の調子者＝（軽薄者）」という蔑視語である。だが、そこに居る大方の者は、捨松の言葉の勢いに押され、

「はぁー。」

「そげかっ。」

「そげだわなぁー。」

などと納得顔をして見合わせた。だがひとり年配の弥吉だけは同調しなかった。

それどころか弥吉の顔には、明らかに不快感が漂っていた。

弥吉は栄屋の話が始まった時から浮かぬ顔をしていた。栄屋とどんな関係があるのか（?）、もう我慢できないという風だ……。

「おい、おいっ。そこまで言っちゃっちゃー、どげなもんだ!」

兄貴分の弥吉が強い口調でみんなを諫めた。

「どげなもんだ。」という言語は、この地では政治家がよく使う「如何なものか!」という言語と同意語である。その声量と語り口によってはかなり迫力がある。弥吉の一喝で嘉鋤の悪口は止んだが、若衆の間では嘉鋤の評判はよくない。殊にみんなが土木の仕事で汗を流してる最中、嘉鋤が上半身に熊皮のちゃんちゃんこ、下には乗馬ズボンの博労意匠で馬に跨がり悠然と商売に出掛ける姿を見ると、若衆はむしゃくしゃすると言う。だがこれは嘉鋤が博労になった二十年も前から続いていることだから年寄衆はとっくに慣れっ子になっているが、若衆には今様に映るのだ。昨今、村では農作業に河川工事に猫の手も借りたいほどの忙しさだ。そんな時、悠然たる嘉鋤の馬上姿は馴染まない。所謂世間体が全くよくない。

だから世間話の格好の餌食になり、その分世津子への同情の高まりに繋がるのである。

それにしても栄屋の揉め事を誰が漏らしたのか？　その場に居合わせたのは旦那の嘉鋤と世津子。それに佐藤技師と若手の小松の四人だけだ。この中の誰かが漏らした筈だ……。

だんだん判ったことだが、やっぱり小松が犯人だった。この河川工事が始まってから役場の吏員である小松は〝でこせまち〟の上前を撥ねるくらい、口の軽い人間に成り下がっていた。

（十）

田舎では、役場の吏員は憧れの的だった。有力な伝手《つて》があるか、学校の成績が抜群だった者に略《ほぼ》限定される。小松は伝手組だったから若衆はそれだけで腹に一物あったのである。小松が役場に居る時には〝いびり〟も叶わないが河川工事が始まってから新米の小松が用務で外回りを奔走する様になったから、若衆は、

「その内、憂さ晴らしの相手がやって来る。」と、手ぐすね引いて待っていたのだ。

そんなとこに、小松が役場の伝達事項を携えて川端会議の輪の中に飛び込んで来た。飛んで火に入る夏の虫である。川端衆は代わる代わる〝いびり〟始めた。ここから脱出するのは並大抵ではない。

ここは恥を忍んで自らを卑下するとか殊更に卑猥な話をするとか他所の秘密をばらすとか、みんなが興味を引きそうな情報を提供することが脱出する最良の手段である。

その場に窮した小松は、つい栄屋での揉め事を喋ってしまったのである。それがことの真相だった。

このところ小松は、役場の秘密情報や将来計画などを漏らす様になっていた。悲しいかな、これが新米吏員。小松の自己保身、処世術の様になっていたのである。

川端会議は、ここ上区だけでなく、中区、下区、も盛んにやってることも小松が喋ってしまった。こうなると、「みんなで渡れば怖くない」とばかりに自制が利かなくなる。中身もだんだん落ちてきた。自らそんな状況を作ってきた連中も、

「あれじゃー小松は、大物になれんなぁー。」

「小松は何時までも小松だよ。大松にはなれんよ。」

「えんや、えんや（いやいや）、小松でもねぇー。ありぁーチョロ松だよ。」

「あっはっはぁー。」

常日頃、小松を重宝がっている癖に居なくなると、「ぼろくそ」に、けなす。川端衆には「同じ穴のむじな」という認識がない。

今まで、若衆が集まるのは例えば、村の鎮守の神様のお祭りや村の運動会や青年団の集まりなどに限られた機会しかなかったが、土木に従事する様になってからは、毎日顔を合わせ、日銭に与る様になったから、その様相が一変したのだ。仕事そのものが、仲間意識を高揚させる場となったのである。土木の仕事と言えば、何時の時代でも「きつくて危険な仕事」の代名詞だが、だからと言って他に良い働き場がある訳ではない。当時は余計にその感が強かった。現代の様に進んだ建設機械が何もない時代だ。道具と言えば、鶴嘴《つるはし》、分厚い鍬やスコップ、などの原始的なものだった。それに運搬手段と言えば、鉄環車輪の一輪車、トロッコ。二人で担ぐモッコと一輪車の通り道を作る厚板。この板はモッコ担ぎの通り道にもなる。それにトロッコのレール、生コンをこねる鉄板などが建設機材の全てである。これらを駆使して仕事を進めるのだが、その能力は現代とは比較にならない。

能率、効率の概念は入り難い。強い人力と連帯、互いに合力しながらの人海戦術で、どれだけ汗を流すかが工事の進捗を左右するのである。川端会議は、言わば合力の軋みを和らげる潤滑油の役目を果たす、川端会議にはこんな必然性があったのである。

きつい仕事が終わると、誰彼となく酒と肴を支度する。割り勘と公平な使い走りが、長続きの秘訣である。これはみんなの経験則である。だがこれも、初めの内はみんなよく守ったが、回を重ねるに従って乱れが出てきた。

(十一)

佐藤技師が栄屋に下宿してからひと月も経たない内に、世間では、

「世津さんと佐藤技師の仲がただ事ではない。」という噂が流れ始めたのである。

毎朝、栄屋の前を通って土木の仕事に出ている〝田の里〟のおっちゃんが、川端会議で、

「朝、世津さんと佐藤技師の弁当渡しの場面を見たが、ありゃー普通じゃーねぇーやっ。」と、目撃証言をしたのである。

世津子と佐藤は、初出勤の時に交わした弁当渡しの儀式を未だ続けていたのだ。

それだけではない。近所では、もっと親密なやり取りを見たという人も居た。

この頃、佐藤は世津子だけでなく、栄屋のみんなから慕われていた。末っ子の

たぁー坊（太郎）などは毎日仕事から帰ってくる佐藤技師を待っていて〝だっこ〟して甘える始末である。仕事が休みの時など佐藤は、世間の目につく田圃には出ないものの屋敷周りの畑に出て世津子の菜摘みを手伝う。その仲むつまじい姿は、まるで新婚夫婦の様だった。と言う人も現れた。それに子供たちとは、まるで親父の様な付き合いをしていたのだ。例えば、松子と竹子とは少し大人びた会話を交わし弟たちとは屋敷裏の谷川にコギを釣りに行ったりした。

下宿が決まる時、世津子が、

「家族同様のお付き合いを……。」と、依願したことを地で行く様相である。

世間の噂話は、概ねやっかみ半分の戯言だが、中には、

「旦那の嘉鋤さんに知れたら、えらいことだ。」と、その行く末を心配する向きもあったのである。子供の頃、嘉鋤と腕白仲間だった中屋の良太郎がその筆頭だが、実は下屋敷のお婆々はもっと深く心配していたのである。お婆々は、世間のひそひそ話を聞くまでもなくずっと前に世津子と佐藤の仲がただ事ではないと気付いていた。

佐藤技師が栄屋に来てから間もなくのこと……。たぁー坊のお守りを済ませ自分家への帰りがけ、離れの階段下の暗がりで世津子が帰ってきた佐藤と抱擁し激しく唇を合わせている姿を目撃したのである。

「また明日ねっ。」

お婆々の声で、ふたりは慌てて離れたが、お婆々はその前にしっかりと見てしまった。

お婆々は、その場を素知らぬ顔でやり過ごしたが、その後も、ふたりの親密な仲に出会った。だが、お婆々は世間の噂話に乗って世津子を咎め立てすることはなかった。

これには深い理由があった。

実は四十年も昔のことだが……。お婆々も、同じ様な目に遭っていたのである。だから、世津子のことを咎め立てしたらお婆々にとっては自分の古傷をつねる様なものだったのだ。

お婆々の苦い体験とは……。

嘉鋤が子供の頃、早くに母、春子を亡くしてしまった。世間からはいたく同情された。

その頃、下屋敷の若嫁だったお婆々は、姑から、

「嘉鋤ちゃんは可愛想な子だから、よく面倒を見ておやり。」と下命され栄屋の世話をすることになった。これがお婆々が栄屋と昵懇《じっこん》の間柄になった端緒である。

お婆々は、下屋敷の公認のことだから栄屋の生活万般に亘って面倒を見たのである。

そうこうしている内に、当然のことながら、若嫁だったお婆々にもわが子が生まれた。

ところが間もなく姑から、

「この子はわしが面倒見るから嘉鋤の面倒を見てやれ！」と厳命され、自分の子を取り上げられてしまったのである。何でそうなったか解らない侭、お婆々の葛藤が始まったのである。

お婆々は、まるで何かにとり憑《つ》かれた様に栄屋の世話に没頭したのである。

この過程で、自然の流れの様に若くして男寡婦《おとこやもめ》になった隣の庄吉にも情を掛けたのである。子まで成した覚えはないが余りの入れ込み様が世間の評判になり、姑からきついお咎めを食ったのである。それ以後、お婆々は下屋敷で勘当同然の身になり、嘉鋤の面倒見も滞ったのだった。そんな状況に追い込まれてから間もなくのこと。

栄屋に不幸が起こったのである。

学校から帰って「はげら（禿げ山）」で、砂滑りをして遊んでた嘉鋤が土砂崩れの下敷になり大怪我をしたのである。「はげら」は、前年の二百十日の大雨で裏山が崩れて出来たものだが、子供たちの格好の滑り場になっていた。だが小山の頂きには芝山の名残を止めた侭、「土砂っぴ」が迫り出した危険な場所があった。常日頃、お婆々はそこに遊びに行く嘉鋤に、「頭の方には行くな。」と言い含めて遊びに出していたのだが、その日は学校から帰ると誰も居ない家の縁側にカバンを放り投げ仲間とはげらに跳んで行った。

そこには年長の中屋の良太郎も居た。向こう気の強い嘉鋤は、

「そこは危ないぞー。」と、大声で忠告する仲間たちを尻目に山の頂きに登り、

「おぜぇーこたぁーねぇーやー（怖いことなんかない！）。」

威勢を張りながら〃土砂っぴ〃に態っと足を架けた。その途端に土砂が崩れ嘉鋤はその下敷きになった。良太郎たちは近所のおっちゃんに助けを求め、間もなく嘉鋤を救出したが落下の衝撃は大きく、右足の関節と膝を複雑骨折したのである。これを知った下屋敷の姑は激怒し、

「嘉鋤の面倒見まで止めろと言った覚えはない！」

こっぴどく、お婆々を叱責したというのである。理不尽な話だが、当時はどっちに転んでも責めを負うのが、嫁の境遇だったのである。以後お婆々は、毎日毎日、嘉鋤をおぶって接骨院に通い必死に治療させたが嘉鋤の足はとうとう完治せず足首と膝が不自由な障害者になったのである。お婆々は、嘉鋤が苦痛から解放された時期を見計らって、

「あれだけ言っておいたのに何んで頂上に登ったの！……」

と、溜まってた鬱憤《うっぷん》を晴らしたが嘉鋤は、

「おりゃー、おばさんが、ちっとも家に来ないから自棄っぱちになったんだ！」

と胸の内を明かしたという……。

下屋敷のお婆々には、こんな苦い過去があったのである。それ以来、苦難の連続だった。

障害者になって性根が曲がった嘉鋤をどう指導したらいいか悩みは尽きなかった。

だから自分の判断で栄屋の手助けが出来る立場になった今でも醜聞ぐらいで世津子を咎め立てする気には到底なれなかったのである。

お婆々の任俠とも思しき世津子への思い入れや漲《みなぎ》る生気は、下屋敷の嫁時代に体験した厳しい葛藤の中から培われたものだろう……。

（十二）

春の到来を告げる三月も終わろうとしていた。馬木三山の中でも一番高い吾妻山には、未だ残雪が見られるが、他の山の雪はすっかり消え暖かい春風が野山を覆っていた。村の要所要所に点在する神社に映える桜の蕾が正に張ち切れようとしている。各家では旬の野菜が食卓にお目見えする様になった。長い冬が去り本格的な春の到来を漂わせていた。区域毎に同時着工した河川工事も軌道に乗り、川上から川下に亘って夥しい働き手が川に張り付いていた。

田圃のあちこちでは去年の秋の豪雨で壊れた畦道の補修工事も終盤に入っていた。
早い家では苗代の田拵《たごしら》えも始まった。これら大勢の人々が入り交じり盆地一帯に躍動している様はこの山村では圧巻としか言い様がない。雪深い山村では本格的な春の到来は歓喜と独特の感慨を呼ぶのである。

佐藤は仕事を終え、すたすたと軽やかに歩きながら栄屋に帰った。すると、何故か静寂だ。肝心の、たぁー坊の出迎えもなく、子供たちの姿も見えない。佐藤は「なんで？」と、思いながら何時もの様に離れの自室に上がる前に母屋の玄関に行って、

「ただいまぁー。」

と、少し太めな声で帰宅の挨拶をした。すると、

「はぁーい。お帰りなさい。」

格子戸の向こう、奥の台所から世津子の弾んだ声が返った。―世津子は居た。―間もなく世津子が、格子戸を開けて出てきた。世津子は佐藤の怪訝な顔を見ると、

「子供たちは備後に行ったの。私の実家にね。」と言って笑った。

「はあー？」佐藤は、鳩が豆鉄砲を食らった様な顔をした。世津子は直ぐ、

「初めは、太郎は予定になかったの。ところがみんなが行くのを見つけ、大泣きする

もんだから急遽連れて行かせたの。まぁー、松子と竹子は引率には馴れているから……。」

と、状況を話した。やっと、われに返った佐藤は、

「言ってくれればよかったのにぃー。」と残念がった。

「子供たちには佐藤さんに話すと、迷惑かけるからと口止めしておいたの。ごめんなさい。」

「水臭いじゃないの。」佐藤は少し怒気を込めて言った。

「ごめん、ごめん。実はお婆々にも話してないのっ。」

「！………」

「太郎が泣いた時には、ひやひやしたけど気付かれなかったわ、でもあんなに大勢だから近所の人目に止まってるねぇー、お婆々はもう知ってるかも……。あした早く話さなきゃー。怒るだろうねぇー。」

世津子は更に詰めると悪戯っぽく笑った。

「！………」

「まぁー、まぁー。玄関先ではなんですから、後で詳しくお話しますわ。」

世津子は、佐藤の手を摑んで屋内に引き入れ、

「今晩から私一人ですから夕食と朝食はこちらで願います。」

世津子が断定的に佐藤に告げた。急激な展開に、佐藤は瞬きばかりしていたがその内、下を向いて「うーん。」と考え込む素振りをすると、

「そうかっ。この際世津さんに楽してもらわなきゃーねぇー。」

と世津子の食事の支度に焦点を当てた。佐藤はいつの間にか〝世津さん〟という愛称を口にしていた。

「それもあります。お風呂が終わったら、こちらに来て下さい。」

世津子は、何時の間にか命令口調になっていた。

風呂から上がった佐藤は一旦、離れの自室に帰り、普段着に着替えて母屋に入り、

「遠慮なくー。」と台所の世津子に抑え気味の声を掛けた。

「はぁーい、どうぞ。」

奥の台所から返事が返ってきた。佐藤は勝手に屋内に入り土間を進み、格子戸を開けて台所を覗いた。そこには土間が続いており、その一角に燃料用の薪が置いてある。

一間ほどの間を置いた所に半坪の囲炉裏がありその片隅に釜戸が設置されている。これを〝コの字〟に囲んだ八畳ほどの板の間が広がっている。田舎の食堂兼居間である。囲炉裏の上の天井からは自在鉤が垂れ下がっている。今、そこには鉄瓶が引っかけてあり中には燗徳利が入っていた。この下では豊富な薪がめらめらと燃え、周りの

暖気を豊かにしている。板の間には茣蓙《ござ》が敷かれ、その中ほどに丸い食卓が設えてある。その上には世津子が支度した夕餉のご馳走が並んでいた。—豊かな農家の台所風景である。—

「今晩は、横着してここにしたけどごめんなさい。こっちの方が暖かいですから……。」

　世津子は上座の奥の間に支度しなかったことを詫びているらしいが佐藤は、はなっからこっちがいいと思ってる。陽春とは言え夜気は肌寒い。風呂上がりには焚き火の暖が最適である。既に丸卓を挟んで対座する様に座布団が敷いてあった。

「いやいや、こっちの方が落ち着けますよ。でもいいですか？」

　佐藤は伺いを立てた。普通台所は男が憚るところである。ましてや下宿人の佐藤には尚更のことだ。佐藤が、やや神妙に伺ったのはそのことである。それにも世津子は素知らぬ風に、

「もうちょっとで、お燗ができますから……。先にお茶でもどうぞ、さっき入れたんですけど、もう冷めたかしら。」

　佐藤は丸卓の前に座ると、世津子が注いだお茶を啜《すす》り、〝あーあっ〟と声を上げ背を伸ばした。野良仕事を終えてくつろぐおっちゃん風である。間合い取りか照れ隠しか佐藤の芝居っ気な所作である。

「こんなにご馳走を作って大変だったでしょう！」世津子は佐藤の気遣いに、

「いやいや、変わり映えしないもので……。」

と答えながら鉄瓶の中の燗徳利を指先で摘まみ、燗の具合を確認していた。ほどなく、

「はぁーい上がりました。お待ちどうさまっ。」

世津子は燗徳利を布巾で巻いて摘まみ上げると、

「はぁーいっ、どうぞ。」と佐藤になみなみとお酌した。佐藤は目尻を下げ、

「どうもどうも、だんだん……。」大袈裟に礼を言って杯を干すと、世津子に返杯した。

「今晩は、私も相伴させて頂きますわ。」

世津子は屋移りの時と同じ言語を使いながら佐藤の返杯を干した。

「はいっ、どうぞ。」佐藤の勧めは、ちょっと早い！

「あら、まあー。」世津子は、態っとらしい言葉を吐きながらも相好は崩れている。

その後の振る舞いは屋移りの晩に互いに経験したことである。始まって間もなくだった。

「あれっ、何で普段着にしたの？　お風呂上がりには着物が落ち着くでしょうに……。」気づいた世津子が怪訝な顔で詰問した。

佐藤は苦笑いするだけである。

「明日の仕事の準備でもなさるの。」

「いやっ、明日は休みますよ、ずっと休み無しだったから……。」

「そうですよ。無理すると、身体に障りますよ。」

世津子の気遣いに佐藤は相好を崩した。まるで気遣い合う夫婦である。

世津子、三十七歳。佐藤、三十四歳。少し姉さん女房だが熟年夫婦と見紛うばかりだ。

「子供たちは、備後に一週間だけ泊まってきますわ。」世津子は玄関先での続きを話し始めた。

「そんなにぃ……。」佐藤は再び残念がった。すると世津子は堰を切って事情を喋り始めた。

「お婆々にも話さなかったけど、前々から計画してたことなの。」

「私はねぇー、こっちに嫁に来てから里帰りしたことがないの。親不孝だねぇー。帰りたくても帰れなかったの。主人はたまに実家に立ち寄って、ご機嫌伺いしていたらしいの……。その時両親は、世津子は元気か、孫は大きくなっただろうなー。など聞いてたようよ……。私もその度に気になっていたけど、ずっと腰を上げなかったの。だけど近年、両親も年を取った所為か寂し気に言ってた。と、嘉鋤が言うの。」

気が高ぶったのか、世津子は自分の夫を呼び捨てにしていた。目には、うっすらと涙を浮かべ更に続けた。

「来春、松子が小学校を卒業することだし、良い機会だ。と思い切って行かせたの。四月七日まで春休みだから……。」

ここまで言うと、世津子は困惑顔に変わり、

「ほんとはねぇー。世間体もあるから太郎ひとりは残すつもりだったけど仕方ないねぇー。」

しばしふたりの沈黙が続いた後、突然世津子が口を開いた。

「佐藤さん、なんで嫁さんを貰わなかったの！　相手は沢山居たでしょうにっ。」

思いの丈を打っ付けたのである。不意を突かれた佐藤は一瞬、戸惑った風だったが、

「世津さんみたいな女性に出会わなかったから……。」

といなした。世津子は即座に、

「あらっ。お上手も毎々は通じませんよ。」と笑い流した。でも直ぐ、

「佐藤さんにそう言って頂くだけで嬉しいわっ。」

と本心を明かした。

佐藤はお返しでもする様な神妙な面持ちで、自分の身の上話を語り始めた。

「僕は、広島の西条の小作人の家に生まれた。自分で言うのも何ですが小さい頃から勉強は出来たから地主の娘さんの許婚にされたの。これは先方からの申し渡しの様なもので両親はこれを拝領する様に喜んだの。その後親方さんは僕に上の学校への進学を勧め高等専門学校まで学資を出してくれたの。親方さんへの恩義は大きいねぇー。」

「私は落合が出身地だから近かったのねぇー。」

世津子は出生地を明かし、佐藤の話に聞き入った。

「僕も親方さんも、親もみんな、将来は県の役人にと言うので高専では土木工学を専攻したの。そもそも、それが間違いの元だったねぇー。今にして思えば……。」

佐藤は首を傾げ、自問自答しながら悔恨した。

「?………」

世津子は、なるべく佐藤に視線を合わせながら聞き入った。

「学校を卒業してから直ぐ役所（県庁）に入れば良かったかも知れんが……。伝手の人間に邪魔されたから、今の民間の大手に就職したの。そしたら技師さんと言われて待遇はいいものの、主に中国地方一円を股に掛ける、どさ回りが始まったの。この間、何度も親や親方さんからも許婚との結婚を督促されたけど結局その機会がなかったの……。僕が優柔不断だったんだねぇー。」

「今、その人どうなさったの。」すかさず世津子が聞いた。

「待ち切れなくて結婚しちゃったの。いい男が現れたんでしょう。」

「そんなこと！」

「それはそれで仕方なかったねぇー。僕が悪かったんだから……。」

「ただねぇー。両親が可哀想でねぇー。親として立つ瀬がないと、えらく嘆いたそうですよ。結局、親不孝してしまったんですよ。」

「それで実家はどうなさったの……。」

「実家に残っていた妹が婿を取り家を継いだの。」

「ご両親は、お元気なの。」

「うん、実は親方さんち（家）でも跡取りが居なくて（娘夫婦が家出し）困っていたところ今では妹夫婦が親方さんちの田圃の世話もしてるそうですよ。婿が働き者で親方さんも頼りにしておられるそうですよ。だから家のおやじもおふくろも安堵したんでしょう。一時しょげかえってると妹から聞いてたんで……。僕も救われた思いですよ。」

佐藤は一気に自分家のことを話すと口を噤んだ。

「それはよかったですねぇー。佐藤さんも一安心されたんでしょう。」

「最近、妹が兄ちゃんもたまには顔を見せてと便りを寄越すんですが、今更〝おめおめ〟と行き辛くてねぇー。親不孝者ですよ。」

「その娘さんには未練はないの？」世津子がしつこく詰問すると佐藤は重たい口を開いた。

「幼い時から仲良しだったし気立てのいい可愛い子でした。未練がないと言えば嘘です。

僕は高専を卒業して会社に入ってからは、早く偉くなって親方さんに恩返ししようう、これが親孝行にもなるという思いが強かったから仕事に専念してきました。最近これが認められたか、やっと技師を束ねる立場になった。『さあー身を固めようか。』と思ったら、その人は居なかったの。待ってくれればいいのにぃ……。でもその間なんの手立てもしなかった僕が悪いんです。因果応報というものですよ！」

「あーあー。みんな喋ってしまった。」

佐藤は、自嘲気味に語り終えると寂し気に下を向いた。世津子は、〝やっぱり〟と思った。

「ごめんなさい。立ち入ったことを聞いて……。」

世津子は謝りながら佐藤ににじり寄ると、肩に後ろ手を回し頬をつけた。

佐藤は、これに応える様に首を捻って世津子の唇に口を運んだ。

早春の夜は、風もなく虫の音もなく、深々と更けていく。広い母屋は殊更に静寂で寄り添うふたりの存在だけが際立っていた。この真っ只中、夜の帳はふたりを抱擁し、鼓舞して止まなかった。だが時は淀みなく流れていく。カチカチと時を刻む振り子時計の音が甲高くふたりの耳に響いていた。時刻は午後九時を過ぎたばかりだが、朝が早い農家ではもう遅い時刻だ。佐藤は太い鴨居に掛かった年季の入った振り子時計に目をやると顔を引き吊らせながら、

「今夜はわが家を訪問しませんか？……」と、世津子を離れに誘ったのである。

「うん……。」世津子は意外に素直に頷いた。

歓喜、歓喜。佐藤は間もなく両手を挙げて背伸びすると、「あーあっ。」と奇声を上げ、

「ご馳走様。」と、夕餉の終わりを促した。

「もういいですが……。お粗末様でした。」

世津子は立ち上がると、卓上の食器を片付け始めた。それにつれ佐藤も食器を流しに運んだ。

「そんなこと、いいですよ。私の仕事ですから……。」

世津子が制止するが佐藤の足取りは軽やかである……。

「片付け、お風呂に入ってから伺いますから……。」

世津子は、言い含めると食器を洗い始めた。すると佐藤は世津子を追っかけ、

「片付けは僕がやりますからお風呂にどうぞ。」と流しの前に立ったのである。

「いいです、いいです。困まっちゃーうわ。」

「僕だって飯場で、さんざんやったんです。酔い覚ましには丁度いい運動ですよ。」と畳み込むと並んで流しの前に立ち、腰を振って世津子を流しの前から弾き飛ばした。

ふざけるのも度が過ぎるが咄嗟の仕業に、世津子は、「やだぁー。」と悲鳴を上げた。世津子は苦笑いしながら、

「じゃあーお願いしますわ。洗ったら籠の中に入れておいて。拭くのはいいですから……。」

世津子は念押しすると、台所の奥の自室に入り、寝間着を持って風呂場に向かった。

不遜にも佐藤は世津子の姿を流し目で追っていた……。

佐藤は皿洗いに奮闘すること二十分ほど、沢山の食器を洗い上げると、二人のお茶をお盆に載せ離れに帰った。―間もなく世津さんが現れるだろう。―

佐藤は、急いで寝間着に着替えると、居室の端に布団を敷いた。

「世津さんは来てくれるだろうか?　布団が敷いてあることに反発を買わないか?……」

佐藤は世津子が来てくれることに確信が持てないのだ。とうとう立ち上がり部屋の

中をうろつき始めた。丁度その時だった。階段を上がる足音が佐藤の耳に入った。〝世津さんだ〟佐藤は急ぎ部屋の真ん中に置いたお盆の前に正座して待った。

やがて足音が階段の溜まりで止むと、「お邪魔しまーす。」確かな世津子の声が響いた。

「どうぞ、どうぞ。」

佐藤の声は震えていた。すると、入り口の襖が開き、世津子が現れた。

佐藤が眼にした湯上がりの世津子は、限りなく妖艶に見えた。佐藤は正座した侭、

「いらっしゃい。」と、声を上げると、深々と頭を垂れた。

佐藤の所作は、強ち演技ではないのだ。世津子は、

「まあー。」

と声を上げるとお盆を挟んで佐藤と対座した。世津子に対座された佐藤は微かに震えている。世津子は、構わず佐藤の顔を覗き込むと部屋の中を見回しながら、

「毎日お邪魔してるのに今夜は他所の家を訪問してるみたい……。」と、和めた。

一瞬、息を飲んだ佐藤が世津子にお茶を勧めた。世津子は顔を綻ばせ、

「あら、あら、なにもかも、だんだん、だんだん。」

と大袈裟に応えながら、美味しそうにお茶を啜った……。

世津子の立ち居、振る舞いからは「得も言えぬ」香気が漂った。

郵便はがき

料金受取人払郵便

新宿局承認

3970

差出有効期間
2022年7月
31日まで
（切手不要）

160-8791

141

東京都新宿区新宿1－10－1

（株）文芸社

愛読者カード係 行

ふりがな お名前		明治　大正 昭和　平成	年生　歳
ふりがな ご住所	□□□-□□□□		性別 男・女
お電話番号	（書籍ご注文の際に必要です）	ご職業	
E-mail			

ご購読雑誌（複数可）	ご購読新聞 新聞

最近読んでおもしろかった本や今後、とりあげてほしいテーマをお教えください。

ご自分の研究成果や経験、お考え等を出版してみたいというお気持ちはありますか。

ある　　ない　　内容・テーマ（　　　　　　　　）

現在完成した作品をお持ちですか。

ある　　ない　　ジャンル・原稿量（　　　　　　　　）

書　名				
お買上 書　店	都道 府県	市区 郡	書店名	書店
			ご購入日	年　　月　　日

本書をどこでお知りになりましたか?

1.書店店頭　2.知人にすすめられて　3.インターネット(サイト名　　　　　)

4.DMハガキ　5.広告、記事を見て(新聞、雑誌名　　　　　)

上の質問に関連して、ご購入の決め手となったのは?

1.タイトル　2.著者　3.内容　4.カバーデザイン　5.帯

その他ご自由にお書きください。

(　　　　　　　　　　　　　　　　　　)

本書についてのご意見、ご感想をお聞かせください。

①内容について

②カバー、タイトル、帯について

弊社Webサイトからもご意見、ご感想をお寄せいただけます。

ご協力ありがとうございました。

※お寄せいただいたご意見、ご感想は新聞広告等で匿名にて使わせていただくことがあります。

※お客様の個人情報は、小社からの連絡のみに使用します。社外に提供することは一切ありません。

■書籍のご注文は、お近くの書店または、ブックサービス(0120-29-9625)、セブンネットショッピング(http://7net.omni7.jp/)にお申し込み下さい。

佐藤が眼前にした世津子は、地の美顔が殊更に美しく、豊かにたれ下がった黒髪は朝露に濡れた春草の如く輝いて見えた。

緩めに着こなした襟元からは、うなじの果ての白肌が零れ、こよなく佐藤を魅惑した。

お茶を飲み終わった世津子は、

「今晩は言い辛いことを聞いてごめんなさいね。」

と佐藤に謝ると、「私もねぇー。」と何かを言おうとした。佐藤は、それを遮り、ひざ元のお盆をずらし、世津子の肢体を引き寄せると唇を合わせ、後ろに倒した。最早、世津子は成される侭に我が身を佐藤に委ねた。佐藤は、世津子の着物の胸元を開けると母なる乳房に口を運び、激しく吸ったのである。

「あっ、あー。」世津子は佐藤の頭に手をやり、止め度なく愛撫した。

佐藤は、尚も世津子の乳房を吸いながら、一方では股座をまさぐり始めた。世津子は佐藤の激しい行動に耐えながらも、

「床に、床に。電灯を消して！」と叫んだ。

この機に及んでも世津子は心の襞《ひだ》を立てたのである。佐藤は世津子を抱き抱え、床の中に運ぶと、机上の電気スタンドを点け天井からの電灯を消した。最早世津子は観念して仰向けになっていた。佐藤は世津子の横に座ると、世津子の胴巻きを解き始め

た。世津子も身体をくねらせ助けた。やがて世津子の全ての衣が剝がれ白く滑らかな肢体が薄明かりにくっきりと浮かび上がった。一息飲んだ佐藤は、手早く自らの衣を脱ぎ捨てると、

「世津さん、御免ねっ！」と叫び、いきなり郷関を越えたのである。ふたりは強く抱き合い、互いに激しい血潮の流れを確認し合った。

「うーん、好きだわっ。」

世津子は、悶え重たい佐藤の肢体を支えながら〝切なる団塊〟を脱出不能な〝ぬかる道〟に誘導した。「愛しているよ！」佐藤は世津子を超える声をあげると、狭くて深ーい泥濘みの中に轍《わだち》を刻んだ。

「いいっ、幸せっ！」佐藤は、絶えだえしく世津子に問うた。その瞬時、轍の底に泉が湧いた。世津子は身悶え、佐藤の肉片をつねりながら、

「あーあっ、いいわ。最高よ！　最高だわっ。」大声で叫んだのだ。佐藤は咄嗟に世津子の叫喚を口で塞いだ。

男と女は、今まで踏み込んだことのない未知の世界をさ迷い、足掻き、歓喜したのである。世津子は溢れる吐息を抑え泥濘みの底から手を伸ばし、佐藤の乱れ髪を撫で上げ凝視すると、「これからは、富雄さん！　と呼ばせて。」と哀願したのである。

「うん、僕も世津さんと呼ぶねっ。」佐藤が間髪を入れず答えると、互いの言葉に陶

酔し、再び唇を圧し付け合い時を掛けて仕上げた。ふたりは眼光を交わし合いながら漸く泥濘みの中から脱出したのである。それから直ぐ強い眠気がふたりを襲い、全てが夜の底に吸い込まれそうだった。

その間隙を縫って世津子は一瞬もの憂気な表情を見せ、

「私はねぇー、私はっ。」と、何かを言おうとしてためらった。

「なにっ。」佐藤は側耳を立て強く世津子に問うた。

「私はねぇー、私は嘉鋤にかどわかされたの。嘉鋤の欲望の犠牲者なの。」

世津子は怒りを露わにしながら自らの夫を呼び捨てにして驚愕すべき告白をしたのである。

佐藤は、訝《いぶか》りながらも、

「何のこと？……」と世津子に詰問した。世津子は口を切った。

「私が、女学校三年生の夏休みで家に帰ってみると、嘉鋤が家に来ていたの……。当時、嘉鋤は新進気鋭の博労だった。私の家も代々博労稼業をやっていたけど、父が嘉鋤の才能を見込んで我が家で三年間、修業させ独立させると、協業相手として目を掛けていた。ある時、嘉鋤は家の者の目を盗んで私を馬草倉に運び込み手込めにしたの。私も薄着だったし油断もあったわっ。」

世津子は、自嘲気味に話し終わると、続けて、

「後で判ったことだけど……。以前、嘉鋤が父に、私を嫁に貰いたい。と懇願したというの。その時、父は真面ではあんたの所へは行かんだろう。もっとも、あんたの器量と腕の問題だがねぇー。とうそぶいたというの。これが嘉鋤の暴行の引き金になったのよ！……ショックだったわ。嘉鋤の行為も許せなかったが父の無責任な言動にも強い憤りを感じたわ。家出しようか。いっそのこと死んでやろうかと悩んだ。だがその時には既に松子が宿ってたの。ここに嫁に来たのは、山を越えた異国に逃避したかったからよ……。この衝撃的な体験の呪縛から逃れる道はこれしかなかったの。それ以来ずっとお婆々に助けられたわっ！」

長い身の上話を終えた世津子の目には熱い涙が溢れていた。

「苦労したんだねぇー。」

佐藤は伏し目がちな世津子の顔を手繰り上げ抱き締めた。

一服置いたところで突然、佐藤が、

「でも、大勢の子供さんが居るじゃん。」

と世津子の気持ちを逆撫《さかな》でする様なことを言い放ったのである。

「だって、嘉鋤がたまに帰ってきて強要するんですもん……。」

世津子は捨て鉢に言うと、佐藤の肩に顔を埋めた。

「それじぁー、子供たちが可哀想じゃん。」

この言葉が喉元を通りかけたが佐藤はすんでのところで止めた。

「今でもそうよ。でも希望もあるわ。松子が来春、師範学校を受験するの。今、夜遅くまで勉強してるわっ。」

語り終わると世津子は、明るさを取り戻した。

「そりぁー凄い。」

「下の竹子も進学志望だし、後も続きそうだわっ。」

世津子は、何げなしに誇らし気に言って退《の》けた。

この時代、農家の子女が師範学校に進学することなど破天荒なことだった。学校での成績が抜群で、しかも資産家の子女に限定されるのだ。これに挑戦する松子は栄屋の誇りでもある。世津子が、「後も続きそうだわ。」と漏らしたのは、次女の竹子も松子ほどではないものの再来年、里の女学校を目指しているのだ。長男の茂介、次男の与之介も成績が良く、進学志望である。ここまでは早々と決まっているのである。三男の末吉は小学校二年生。末の太郎は四歳で先のことは判らないが当然、上に続きたいと思うだろう……。

世津子の感慨は、そこまで見通してのことだろう。

「学資の工面が大変でしょう。」佐藤が尋ねると、世津子は、

「それは、嘉鋤がやるの。先日、担任の先生がお見えになって松子ちゃんが抜群の成

績だし本人も志望してる様ですから是非、師範学校に進学させてあげて……。と、勧めて下さったの。そしたら嘉鋤は二つ返事だったわっ。嘉鋤は気位だけは高いのよ。」

話の終わりは夫を詰《なじ》る様な口調だった。すかさず佐藤は、

「でも、ご主人は家庭の経済をしっかり支えていらっしゃるんだねぇー。」

佐藤が感嘆すると世津子は、

「それだけが嘉鋤との繋がりだったわっ。」と、やや投げやりな口調で回顧したのである。佐藤は一瞬考え込み、

「そりゃー、そうだよなぁー。それが夫婦の絆と言うもんだよなぁー。」

佐藤が寂し気に呟き、拗ねた子供の様な表情をして世津子から大きく顔を逸らした。

それを目撃した世津子は、「やーねぇー。」と、零すと佐藤の顔を揺り戻し唇を圧し当てた。絡みを解かない男と女の語らいは、眠気を押して続いていた。最早ふたりはルビコンを渡ったのである。時は既に翌日に入っていた。ふたりは床を共にし互いに、「だんだん」を交わし合いながら草木が眠る夜の底に沈殿していった。

（十三）

四月に入ると、稲作のスタートである苗代が始まる。

栄屋と懇意にしている中屋は、何時でも出足が早い。家長の良太郎、連れ合いの松栄、娘の雪江の三人は、なんだかんだと言いながらも纏まりがいい。今日も他家よりひと足早く種蒔きを終え家路に就いた。農家の人たちは、苗代を終えると、ほっと一息吐くのである。

既に陽は落ちてるが、未だ忙し気に種蒔きをする人が田園の彼方此方に残っていた。

農家の人たちは隣近所より早く仕事を終えると、何が無しの優越感に浸るのである。良太郎を先頭にした中屋の一隊は、ちょっぴり疲れた足取りで畦道《あぜみち》の雑草を踏みながらゆっくりと歩んでいた。この日ばかりは、おばあちゃんが祝いの膳を支度している。おじいちゃんは風呂を沸かして待ってる。今日は今年一年の稲作の無事を祈願する出陣式の様なもので自作祝日だ。家に帰ると風呂に入って祝いの膳を囲むだけだ。だから、つい気楽になって〝やくてぇーもない〟（やくにたたない）世間話に花が咲くのである。

その日も栄屋の世津子は屋敷周りの畑で野菜を摘んでいた。この頃、夕方になると川から見通せる畑の端に世津子の姿があった。川の工事が軌道に乗り始めた頃から何となく際立っていた。目聡く世津子をとらえた娘の雪江が、

「世津おばさんは、この頃よく畑に出てるねぇー。忠実《まめ》だわ。」

何げない感想を漏らした。すると、直ぐ、

「そうだねぇーうち（家）のは、しなびてるもんねぇー。」と、反応した。

「あらっ。母さん、家のも新鮮だわ。そんなこと言ったらおばぁーちゃんに悪いわっ。」

「あっ。そうだったわねぇー。」

母さんの松栄は雪江の顔を見て首を竦《すく》めた。こんな時が危ない。父さんの良太郎が下手な横槍を入れるのだ。何時もは先に仕掛けることは少ない。的を射ないと松栄や雪江の反撃を食うからだ……。だが予てより良太郎は女（母と娘）同士の話は、〝埒もない〟と思ってたのだ。今度ばかりは良太郎が出張った。

「世っつぁんは、技師さんに一番新鮮な野菜を食わせたい、んだわ。」

尤もらしいことを嘯《うそぶ》いた。すると雪江が、

「何で……？」と反応した。

「ふふんっ、世っつぁんは何時も尻っぺを川の方に向けてるわなぁー。ありゃー技師さん、早く帰って、と尻っぺで呼んでんだよっ。」

良太郎が卑猥な言葉で解説した。良太郎の下世話な癖が出た訳だが真意は世津子の美しく豊満な肢体を揶揄してのことである。もしかしたら佐藤技師への焼き餅かも知れない……。

「やだねぇー。父さんは、だらくそ（＝馬鹿話）ばっかり言うけん。」

雪江が背後から父さんを詰った。母さんの松栄も顔を顰《しか》めながら「嫁入り前の娘に、なんちゅうことをっ。」と怒った。

「ほんとのことを言って叱られたよ。はっはぁー。」

良太郎は高笑いしながらふたりをいなしたが狙いは、

「田舎には相手がいない。」と嘯き、嫁に行かない雪江を急き立てたのだ。

「川の方に関心を持て。亭主持ちの世っつぁんだって、技師さんと浮名を流しているんじゃないか。」と、雪江の気持ちを煽ったつもりらしいが、あの言い様では反発を招くだけだ。

良太郎は、時々下世話な話に走るのだが、その度毎に、松栄や雪江の顰蹙《ひんしゅく》を買うのである。だが真意は真面目だ。実は子供の頃から嘉鋤の気性を知り抜いてる兄貴分だから、「もし世っつぁんの浮気が嘉鋤の耳に入ったら暴発しかねない。」と心配していたのである。当初から佐藤技師が栄屋に下宿した時から、男の勘で、「あの美貌で、未亡人同然の世津子を男が放っておく訳がない……。」と読んでたのだ。だから、世間の噂を待つまでもなく、とっくにその行く末に気を揉んでいたのである。その一方では、嘉鋤の行状にも疑問を抱いてた。

「いくら商売とは言え、家のことは世津さんに任せっ放しで備後に半年以上も逗留し、妾を囲って二人も子供がいるらしい……。やり過ぎだ。」と、良太郎は嘉鋤の行状を誰より早く摑んでいたから。初めて知った時、諌めるべきだった。と、今になって後悔しているが後の祭りだ……。

「こんなことになっても詮無いことか。」

良太郎は両睨みで、心境は複雑だった。

（十四）

稲の苗が成育する六月に入ると田植えが始まる。この地では、五月雨が止み、長い梅雨に入るまでの僅かな好天を狙って各家一斉に田植えに掛かるのである。田植えが稲作の中で一番の行事であることは言うまでもない。稲の生育に丁度いい頃合いを見計らったほぼ、一週間ほどの勝負になる。一年の中で一番忙しい時期である。猫の手も借りたいほどだ……。この時は、じいちゃん、ばあちゃんを始め、家に居る子供たち、他所に稼ぎに出た者、上級学校に行って居る子女も呼び戻され、一家総掛かりの大行事となるのである。

だから、この時節、村の総人口は異常に膨れ、村は活気付くのである。

「上屋敷のアンチャンを久し振りに見たが、いい若いもん（者）になっちょられたわ。」

「中屋敷の娘さんもいい女子《おなご》になっちょられた。気さくな所は変わらんねぇー。」

―褒め言葉だけではない。―

「小峠のアンチャンに声を掛けたが、顔を逸らしたよ。こっちに居た時にはあんなんじゃーなかったがねぇー。」

「わりんご（腕白）ばっかりしちょったけん。今頃になっていい子振ってんだよ。」

「下峠の娘さんは、ハイカラを決め込んじょられた。あれじゃー仕事にならんわなぁー。」

余計な話だが……。野良での立ち話やお茶の時のお喋り、家に帰ってからの評判が姦しい……。

村にとっては久方振りに活気溢るる時節である。もとよりこの時期を難無く乗り切るためには春の雪解けを期して準備しなければならない。この着手の時機も田植えから逆算した手順がある。これに乗り遅れると後々響いてくるから気が抜けない。

それに野良仕事だから世間の目も光っている。互いに声を掛け合い牽制し合いながら、一斉に仕事を進めるのがこの地の良き風習でもあるのだ。

こんな時期でも栄屋は逆に人手が減るのである。家長の嘉鋤が、

「口出しだけで、何の役にも立たん俺が居たんでは反って邪魔だろう。」と言い残して、田仕事が始まるずっと前に備後に行ってしまうのである。これは世津子が栄屋に嫁に来てからずっと続いていることである。だから栄屋の農作業は、節目節目で他人の手に頼ることになった。栄屋への加勢は、自分家に大方目鼻がついてからやって来るので、世間より一寸だけ遅れる。これが自然に、世間様公認の「栄屋暦」になったのである。世津子は、この「栄屋暦」を堅固に守ってきたのである。ところで……。

稲作の大行事である田植えの形態には、「栄屋型」の他に凡そ三つあった。

一つ目は、旧家の地主で、小作人の労力提供で賄う家。

二つ目は、大農家で子沢山の家で親戚も多く労力は殆ど自力で賄う家。

三つ目は、小農家で〝こしょか（こぢんまり）〟に済ませてしまう家。

などに分かれる。

いずれの場合も、たばこ（午前十時と午後三時の休憩時）や夕飯時の〝出し物〟が

評判になる。特に旧家の場合は、世間で〝その家の勢い〟の物差しにされるから軽視できない。

労力を賃賄いしてる栄屋の例は極稀れだが出し物の豪華さで評判がいい。嘉鋤が気遣ってこの時の為に蓄えた備後の名産品を、世津子が惜し気なく振る舞う。この気前の良さが新たな評判を呼ぶ。栄屋の稲作は時期こそ少しずれるが人手に困ることはなかった。

田植え期間中は閑散としていた川の工事現場も田植えが終わると、また賑わいを取り戻す。田植え休暇をとってた土木に従事する衆が川に帰還したのだ。農家の仕事も田植えが終わると、一段落する。それでも家畜の餌にする草刈りや畑仕事で休まる暇はない。

だが牛馬を扱う博労を本業としている栄屋には何故か家畜がいない。嘉鋤が足代わりにしてる馬の〝龍太〟だけだ。龍太が家に居るのは年の半分にも満たないから馬草は他所の半分で済む。

その分、世津子の仕事も軽減される。これは旦那、嘉鋤の気遣いかも知れないが兎に角、嘉鋤は、他人の褌《ふんどし》で相撲を取る商売をしてきたのである。

田植えが終わると除草と稲株の分結を促す田車押しまで一息吐くが水加減の見回りは、毎日欠かせない。この仕事も近所のおっちゃんが序でに見てくれる案配だ。

美形でもてる世津子は得だ……。おっちゃんたちが何かと世話をしてくれるのである。

か様に世津子は世間様の助けを得て少しばかりの農業を続けられたのである。どちらかと言えば、世津子は農家のかみさんと言うより勤め人の奥さんといった趣きだった。

このことが時にはやっかみ半分で世間の批評の対象になったりするのである。これも母子家庭の宿命と言うのだろう……。

（十五）

河川工事も早や迂回溝が出来、土手の基礎工事に掛かる段階にまで進んだ。これで川底が干上がったから底に筵《むしろ》を敷いて会議を開くことになった。川端会議が川底会議に変身したのである。これで民家から見えなくなり取り敢えず農家の人たちの目障りになることはなくなった。この頃では請負会社の監督も加わり工事の進捗や今後の計画などを話し合う場にもなったのである。これで悪名高かった川端会議の位置付けが上がったが、これに至るまでには紆余曲折があったのである。

工事が始まって以来この方、仕事に関わる様々な指示事項は、週末に担当区の責任者が下区にある会社の事務所に集まって会議を開き伝達していた。ところがその内容が末端の日替わり人夫まで正確に伝わらず仕事の間違いが絶えなかった。そこで会社が一計を案じた。鯱《しゃちほこ》張った会議をするより、毎日開かれてる川底会議に便乗しようと目論んだのである。このことを役場から打診された時、川底衆の間では、「折角の楽しい会議が堅苦しくなっては困る。」という意見が大勢を占めた。だが役場からの再三の要請に、若衆頭の弥吉が、

「悪名高い川底会議もお上のお墨付きを貰うことになるんだぞ。」

と、正論を吐いたのである。この一言でみんな納得した。それでも尚、懲りない川底衆は、

「仕事のことは、初めの五分程度で切り上げる。何もない時には来るな！」

と、条件を付けたのである。

やはり最初の会議は堅苦しいものになった。冒頭の監督の話に緊張感が走った。経験豊かな監督でも川底会議の雰囲気が読めなかったらしい……。いきなり仕事の間違いを指摘する、きついお説教から始まったのである。この問題はそれだけ深刻だったのだ。

しかしこれを聞いた川底衆は一斉に不快感を示したのである。これに気付いた監督

は後の話を早々に切り上げ、誘われた酒も断りさっさと引き上げてしまったのである。後は、白けムード……。会社の目論みは躓《つまず》いたのである。

その後、監督は現れなかった。流石に、川底衆は心配し始めた。会社の作戦か……。

臍《へそ》曲がりな連中は、がやがやと憶測話を交わした揚げ句、

「折角の担保に逃げられては困る。お上の心証も悪くなるだろう。」と考え付いたらしい。間もなく若衆頭の弥吉を立てて事業所に詫びを入れ再開を懇願したのである。幸い願いは入れられた。そんな試練もあって、川底会議は勢い付いた。

お茶菓子代は監督や担当者が持参する寸志で潤うこともあるが、この頃になって、

「土木作業が終わった後で一杯やる気持ちも解るわっ。」

と世間で理解され始めたことが大きい。工事が進むにつれ、各家にも労役の割り当てがあり、若衆だけでなく、旦那や奥方も土木作業を体験し、みんなその大変さが解ってきたのである。

だから、今まで遠慮勝ちだった女衆も参加する様になった。これが川底会議が勢い付いた最大の理由である。今では参加人数は二十人は下らない。その中に五、六人の女衆が居る。

初めは生真面目な仕事の話からだが酒が進むと、やっぱり落ちた世間話に移る流れ

だ。

たまには川の外に目を向ければいいのに……。

西方、夕影山の頂きに夕陽が沈む頃になると盆地一帯、山裾に連なる民家が朱色に映える。対峙する仏山の山頂も夕陽に映えて殊更美しい……。野良仕事を終えた農家の人たちが家路に就く、そこに迎えに来た子や孫が先になったり後ろになったり戯れながら歩む、その姿はまた夕陽の中に和ましい限りだ……。

その昔、夕影山は感目山と称し、この山頂からは、馬木盆地はもとより奥出雲地方一帯を眺望出来る。この要害の地に、山名氏の一族「馬来道綱」が、山城を築いた。応仁の乱から戦国時代の初期、尼子と毛利が覇権を競った由緒ある山である。

「灯台もと暗し！」それを知ってか知らずか川底衆は歴史には、とんと関心がない風だ……。

だが、以前、里の方に嫁いだ上峠屋の〝勝っちゃん〟が天神様の秋祭りで里帰りした時のこと。乗合バスが村境の峠を越えた途端に国境の山脈が眼前に迫った。思わず勝っちゃんは、

「あっ！　きれいだ。あの麓に実家があるわっ。」

と人前も憚らず感嘆の声を上げたという。それほど古里の山岳は美しいものだ。

古里の美しさは、そこを離れて初めて認識するものなのか。もどかしいが感動は、

そこを離れた者の占有物だろうか!

それにしても川底衆は結局、世間話に帰着するのである。ただ最近、女衆も加わったから男衆には話の中身には気を付けようという雰囲気が出ていた。殊に卑猥な話は禁物だ。と、若者ほどそんな傾向が強かった。ところがおっちゃんたちはあまり気にしない風である。と言うよりお構いなしだ。〝田の里〟のおっちゃんが突然栄屋の内輪話をしたのである。

「世津さんと技師さんは、仲がいいや、見ちゃーおれんよっ。」

夕方、佐藤技師を迎える世津子と鉢合わせした時の様子を大袈裟に吹聴したのである。

この前は朝のこと。今度は夕方のこと。情報通のおっちゃんも忙しいことだ。流石に、若衆から反発が出た。まず中屋の康三からだ……。

「世津さんもそうだが、佐藤技師もいい人だよ。主任技師と言えば、会社では偉い人だが、僕らにも、ちゃんと挨拶するよ。」

〝田の里〟のおっちゃんの話に水を差したのである。康三は、土木従事者としてはおっちゃんたちより先輩である。この事業の草分け的存在である。だから佐藤技師との面識も多い。その康三が佐藤技師を持ち上げたから康三に誘われて土木従事者になった同級生の真田春利が即応した。

「おぉー、佐藤技師は高等専門学校出だそうだが腰が低いよ。部下の面倒見もいいらしいよ。」

少々知ったか振りの同調をしたのである。すると、

「そげだ、そげだよなぁー、うん。」

「うん、うん。」

「そげだ、そげだ。」

若衆は賛同の合唱である。この形勢に〝田の里〟のおっちゃんも苦笑いするのが精一杯だった。佐藤技師が若衆に評判がいいのは確かである。

大体、世間話は標的不如意、種々雑多、紆余曲折があって戸惑う。―油断は禁物だ。―

「康っちゃん。」

対面に座ってた先輩の政雄が康三を呼んだ。今度は冷静な発言をした康三が標的になった。

「おまんとこのとっちゃんが〝世津さんが技師さんを尻っぺで呼んでる〟と言ったらしいが、いいとこ見ちょるよ。」と、康三を見詰めながら話を落とした。

康三は、突然の名指しに戸惑いながらも泰然として、

「えっ。誰がそげんこと言った！　やぁー、内家《うちんち》のおやじは〝だらくそ（馬鹿話）〟

ばっかり言うけん。何時でもねぇーちゃんに怒られちょるわ……。」

康三は頭を掻きながら、やっといなしたつもりだが、それぐらいでは収まらない。

「いやいや〝おまんとこ〟のとっちゃんは面白い人だよ。ずばりものを言うけん……。」

他の先輩も康三とこのとっちゃんを持ち上げた。康三は下を向いたっ切りこの場をいなしたい様子がありありだ。そんな康三を見て同情したのだろうか、〝でこせまち〟の先輩の栗原が助け船を出すつもりだったろうが……。

「こないだ（つい最近）、上のおっちゃんが言っちょられた。」と切り出すと思わせ振りに、一服置いて……。

「夕方山からの帰りにはで木小屋の端から四本の足が出ちょった。二本は真っ白い足だった。」

大っちゃんが言っちょられた。と、いきなり卑話情報を吐いたのである。その時、最近請われて川底会議に加わった上のとんちゃん（富子）が顔を真っ赤にして下を向いてしまった。

これを見た連中は、白い足はとんちゃんの足だったのかと察しが付いたが栗原の言葉を追って若衆頭の弥吉が栗原に、〝きゅーっと〟眦りを飛ばした。

「これ以上言うな！」強いシグナルである。その瞬間みんなは息を飲んで話を止めた。

弥吉の深慮だが、みんなの内心は穏やかではない。かねがね、とんちゃんが里から来た技師のAさんに憧れている……。と噂が飛んでいたから今の話の様子だと、「とんちゃんも、そこまで行っちゃったのか。」と若衆たちは一様に失望したのである。

村の若衆にとって、とんちゃんは希望の星だったのだ。それでなくてもこの事業が始まってから、村の目ぼしい若い女衆が、里から来た若い技師や監督などに靡《なび》いていることに危機感を抱いていたのである。

「とんちゃんまでが……。」という思いは拭い切れなかった。今日日、若衆に限らず男衆は土地の女衆と里の男との色恋沙汰に敏感になっていた。だがそんな気持ちだけでは惨めだ……。

「今日は、監督が気になることを言っちょったなぁー。」

下屋の茂が、本題の先陣を切った。すると、

「おぉーこっちが中区や下区より大分工事が遅れてると言ってたなぁー。」

上の枝木が口をとんがらして相槌を打った。これにも若衆頭の弥吉は、

「まぁー、そげかも知れん。大体、下の連中は農業をせんで土木工事専門が多いからその差は出るわなぁー。そこら辺は監督も解っちょるべぇー。」

と、枝木の言葉を抑えた。流石、〝年の功〟弥吉はあくまでも冷静である。

小さい村の中にも地域差はある。下区は、馬木盆地が最大に広がった地域であり、他村に通ずる幹線道路（県道）もある。そこを乗合バスが通ってるし、一番大きな停留所もある。

隣接して小学校もある。近くには、役場や農協、森林組合、郵便局などの官が集中し、これに付随する様に、村で唯一の醤油工場、旅館、魚屋、薬屋、日常雑貨店など民活も集まり、恰も町の様な集落を形成している。この最良の地に蔵が五つもある、件の村長の大邸宅がある。

下区が、この村の行政、産業の中心地であるのだ。だから県境の山の手寄りに僅かに広がる上区の連中には、常日頃、「下区の連中は、何かにつけて里面《さとづら》し居って。」と対抗意識がある。

平時には抑えているが、区域毎に工事を進める様になってからは気持ちが表に出る様になったのだ。狡い監督か上手い監督なのか。とにかく競争心に火を付けたのは確かである。

（十六）

河川工事が始まって半年経った夏頃になると、新しい河川の輪郭が実感出来るまでになってきた。すると、世間では、

「おべたよー（驚いたよー）。」

「うーん、おべたわっ。」

「おべた、おべた。」

感嘆詞が交わされる様になった。川幅の広さと長大さに驚いたのである。

今までの川は、谷川に毛の生えた様なものだった。確かに、上方の二つの集落の田圃を潤す谷川が合流して大馬木川を形成しているのだが平時は、その流水を収めるのに、精々十メートル位の川幅があれば充分だった。下流に向かって幾つかの谷川が注いでいるが、これも用水路にさばけ、さほど水量は増えない。だから流れの幅は下流でも僅かに広がるだけだ。川の両岸には土手がないから大雨が降れば流水が川の両側に広がる荒地に流れ込んで流域は一変する。川岸は大雨が降る度に、波打ち際の様に変わるのである。豪雨が止んで流れが元に戻っても至る所に水溜まりが出来、中には

魚が生息する堤になる在り様だった。

このため川岸に近い田圃一帯には高い畦を作り、川からの流水を防いでいた。この畦が、実質的な川土手の役目を果たしていたのである。

ところが昭和九年初秋の豪雨では川が氾濫し、流水が堅固な畦を越えて浸入し、田園は一面の湖と化したのである。谷川に架かった木製の脆弱な橋は全て流失し部落が分断される大災害を被ったのである。

今度の計画は、そんな豪雨に耐えられる様に河川敷の両側に底辺六メートル、高さ五メートル、上面四メートルの堅固な土手を構築する。これで川幅は五十メートルにもなる。今までの五倍にもなる大拡張だ。

更に二百メートル毎に流水を制御する堰堤を設け、橋は全てコンクリート製にして荷を満載したトラックでも通れる様にする。その土手の総延長は五～六キロにも及ぶ壮大な計画である。それが実感出来るまでになったから村人は一様に驚嘆した。

「まるで、万里の長城だ！」

日頃、物知りだと称されてる下屋敷のおっちゃんが大袈裟に比喩した。

あまりの大計画だから当初は完成時の姿形を想像出来なかったから、そこかしこで「びっくり仰天！」が飛び交ったのである。工事の進捗は当初予想されたより速かった。

これも村を挙げての超人海戦術の賜物である。息切れしないかと危惧されるほどだが村人のエネルギーは温存されていたのだ。ここまで工事が進んでくると、工事の主体は土手の石垣積みに移った。このため近隣諸国から夥しい石工職人が集まった。中には遠く九州や朝鮮半島の労務者も混じっていた。土手石を運ぶトラックの数も倍増した。斯して河川工事には拍車がかかったがその一方では世間話に花が咲いた。のどかな川底会議もその様相が一変したのである。土地っ子と外者との諍い、外者同士の軋轢《あつれき》、酒が入ると喧嘩になり、時には傷害沙汰に発展した。これが請負会社や役場にとっては新たな悩みになった。

（十七）

暑い夏も終わりに近づくと、昼寝から覚めた農家の人たちの耳に、忙し気な蜩《ひぐらし》の鳴き声が入ってくる。やがて訪れる収穫の秋を告げる鳴き声である。人々は直ぐそこに到来する慌ただしい収穫の秋を覚悟するのである。栄屋では来春、師範学校を受験する松子が試験勉強に打ち込んでいた。

川の方は、つかの間の農閑期だから土木従事者の人数も増えてきたが、夏ばてに残暑の追い討ちもあり人数の割には仕事は進まない様だ……。

佐藤は汗ばんだ作業服を纏い〝早く行水でもしたい〟とばかりに足早に栄屋に帰った。すると屋敷周りの角地に世津子が身を潜めて待っていた。何時もとは様子が違う。

佐藤は訝りながらも、

「ただいまっ。」

何時もの声をかけた。世津子は黙って近寄ると、

「今晩、お話ししたいことがあるの……。」と耳打ちした。

「なにっ？」

「いいのっ。その時お話ししますから……。」

世津子は思わせ振りな返答をした。佐藤は一瞬、鳩が豆鉄砲を食らった様な怪訝な顔をした。

「夜、十一時過ぎにお邪魔しますねぇ。」

世津子は、ここまで言うと佐藤を先導して母屋に向かった。何時もと様子が違う。

たぁー坊が佐藤を迎えに来たが、世津子は何故か怒り声で、

「今日はダメよ！　おじさんはお疲れだから……。」

たぁー坊のだっこを遮ると、そのまま玄関に行き、

「暑かったでしょう。さっ。お風呂にどうぞ！」

世津子は不自然な大声で風呂を勧めた。その言動は何となく芝居掛かっていた。

佐藤は、世津子の真意を訝りながら何か重たい話だと予感した。

風呂から上がった佐藤は、世津子が支度した夕餉を食んだ。今晩の燗酒は何時もより多い。世津子が待ち時間を気遣ったのだろう。

常日頃、佐藤は夕餉を終えると、ラジオを聞きながら身体を休めるが床に就くのは意外に早く、午後十時に寝るのが常だ。十一時までの待ち時間は相当眠気を誘う時間だ……。

農家は、朝が早いから寝るのも早いが、栄屋ではこのところ松子が受験勉強に精出してるのでそれにつれて世津子の就寝も遅い。十時過ぎには松子にお茶を差し入れするのが日課になっていた。そのことは佐藤も先刻承知してることだが酒が入ってるから夜は意外に弱い。夜半が近づくと強い眠気が佐藤を襲った。佐藤はこれに抵抗しながら食器を片付け、布団を敷くと、その横で肘枕をしてうたた寝を始めた。それから間もなくだっただろう……。

離れの階段を上がる人の足音が微かに佐藤の耳に入った。午後十一時を少し回った頃だ。佐藤は、慌てて起き上がり目を擦って威儀を正した。

「お休みですか。お邪魔します……。」

小さな声がすると襖《ふすま》が開き世津子が現れた。顔には笑みはなかった。

というより真剣な面持ちである。佐藤は腕を組み背筋を伸ばして構えた。世津子は
そんな佐藤の前に対座し、顔を凝視すると、いきなり、

「あかちゃんが出来ちゃったの！」

と、衝撃の告白をしたのである。

「えっ！」

佐藤は、世津子の言葉が理解出来なかった。

「何ですか！」

佐藤は、寝ぼけ眼を擦りながら世津子に詰問した。世津子は満面に笑みを湛えなが
ら、

「富雄さんの子が宿ったの！」と言うなり佐藤の顔を見詰めた。鈍感な佐藤は未だ信
じ難い風だった。世津子はもどかし気に、

「もう三月目よ！」と、少し太めに言うと、お腹を摩《さす》って見せた。今度は通じた。

佐藤は咄嗟に両腕を世津子の肩に掛けると、

「三月目。ほんと！」

と、念押しした。それにも世津子は平然と、

「うん、富雄さんのあかちゃんが三月目に入ったの。」と通告したのである。

やっと事の重大性に気付いた佐藤はじっと考え込んだ。三ケ月前といえば、田植えに入る直前で、夫の嘉鋤が備後に出掛けた一月後の頃である。佐藤は前途の多難を予感したのか、世津子の眼前でゆっくりと首を振り苦渋の表情になった。

一方、世津子は今の幸せを満喫してる風だ。佐藤に告白したことで胸に閊《つか》えてたものがふっ切れたのだろう。

その方面に疎い佐藤でも三月目と言えば、最早健全な打ち手がないことは理解出来る。

それでも佐藤は、

「世津さん。生むの！」

と適わぬ問い掛けをしたのである。世津子は即座に、

「富雄さんの子ですもの。」

当然だと言わんばかりに答えた。佐藤の顔は苦渋で歪んだ。世津子の決意は固いと佐藤には思えた。世津子の肩から力なく手を離すと、頭を垂れながら自らの鈍感さを自責した。

そう言えば、少しの間だが世津子は、〝何も言わず〟自分を避けた。佐藤はあれこれ思い起こしながら己の不覚を詰っていた。暫し沈黙が続いた後、

「ご主人はどう思うだろうねぇー。どうするんだろうねぇー。」

と、いま自分の頭の中を過ってる最も重たいものを吐露したのである。佐藤のこの言動は世津子にとっては心ない場違いの問い掛けだった。世津子は色をなし、

「嘉鋤は何も言えないわ。相子だわ！」

捨て鉢に言い放ったのである。世津子の言葉には言い知れぬ余韻が残った。佐藤が栄屋に下宿して間もなくのこと、

「嘉鋤さんには、備後にお妾さんが居て、子供も居るそうだ。」

という噂話を耳にしていたので、世津子の今の怒りに直面して、

「やっぱり、本当のことだったのか！」と愕然としたのである。

この噂話は世津子にはずっと伏せていたのだが……。それはそうとしても嘉鋤と会った時の対応をどうすればいいのか。嘉鋤との出会いのことが頭から離れない……。

「今度、ご主人が帰られた時にふたりで謝ろう！」

佐藤は逡巡した割には的外れの誘いをしたのである。

今更謝ったところで何になろう……。

世津子には佐藤のこの言葉が余りにも無思慮で滑稽に思えたんだろう。

「私の問題だわっ！　富雄は関係ないわっ！」

世津子は声を荒らげ、怒りを佐藤に打っ付けた。世津子の見幕に、

「でも……。」と、か細い声を返すのがやっとだった。暫くして世津子は再びお腹を摩りながら、

「この子は私と富雄のものよ。」

と説諭口調で言うと、佐藤の顔をじぃーっと見詰めた。最早、返答する余力はない。

佐藤は世津子の決意の固さを感じとっていた。暫く考え込んでいた世津子が口調を変えて、

「どうせ富雄は、この仕事が終わったら何処かに行っちゃうでしょう！　そしたら生きる力が抜けるわ！　だから、だから……。」

世津子が胸の奥底を明かしたのである。その語尾はか細く言葉にならなかった。

「世津さん、身体を愛《いと》うて。」

佐藤は初めて世津子に情を掛けた。世津子は堰を切って、

「富雄、富雄！」と叫びながら佐藤ににじり寄った。佐藤は世津子の肩に手をやり、

「世津さん。わかったよ、わかったよ。」

と声を掛け、世津子を強く抱き締めたのである。

それにしても、世津子の強固な意志はどこから生まれたのだろうか？……実はお婆々が与えていたのである。三月も経ってから佐藤に告白したのも、

「お腹の子が固まるまで、佐藤技師に話すな！」という入れ知恵だったのである。世津子は初めて佐藤との〝愛の証し〟を確認した時、逸早くお婆々に話した。世津子は涙ながらに自らの青春を回顧し思いの丈をお婆々に打っ付けたのである。お婆々は怒りもせず、平然として暴挙とも言える世津子の決意に賛同したのである。お婆々は、必死に語る世津子を愛おしく思ったのか、予想される佐藤技師の逡巡を、「最後通告だけで抑えよう。」と突っ込んだ入れ知恵をしたのである。このお婆々の強い思い入れにはそれなりの理由があったのである。世津子が栄屋に嫁に来た時の事である。

相手の嘉鋤に幼い時から親代わりをしてきたお婆々は、嘉鋤が成長するにつれてだんだん手に負えなくなったことに苛立つことも多々あったが、三十路半ばになった嘉鋤の嫁のことには気を揉んでいた。そんな矢先、当の嘉鋤が、

「お婆々には心配ばかり掛けていたが、来春備後から嫁を貰うけん……。」

と自慢気に報告したのである。お婆々は腰が抜けんばかりに驚き、

「ほんとけぇー。」と狂喜したのである。だがお婆々の本心は半信半疑だった。常日頃の嘉鋤の法螺吹《ほらふ》きを知っていたから……。待つこと暫し、翌年の雪解け時を待って若くて美しい世津子が馬に乗り、三頭の荷駄馬を従えて本当に栄屋にやって来たのである。お婆々は再びびっくり仰天した。花嫁衣装を解いても尚更美しい世津子を見て

お婆々は、

「あの不細工な嘉鋤がなぁー。」

と呆れ果て、合点がいかなかったのである。その内冷静さを取り戻したお婆々は、女の勘で、

「こりぁー尋常なことじぁーねぇーな。」

と読んだのである。だから後々世津子から夏の日の出来事を聞かされた時、

「そうかぁー、そうだったのか。やっぱり嘉鋤は悪い奴だ！」と、大声でかっ破したという。それ以来お婆々の世津子に対する盲愛が始まったのである。それはことの善し悪しではなく奥深い情感とでも言えようか……。

世津子の衝撃の告白にも、

「たとえ、嘉鋤の仕打ちがあっても、〝非常手段〟に訴えるだけだ！」

と、世津子に起請文を与えていたのである。

（十八）

今年は二百十日の嵐も大したことはなかった。二百二十日の嵐も大丈夫だろう。農

家の人たちは、二つの嵐を無事乗り切れば米の収穫に障害はない。夏の日照りが良かったから収穫量の増加も見込める。俄造《にわかつく》りの迂回溝も二つの風雨にも安泰だった。工事中の現場にも影響はなかった。今年は何とか天啓に恵まれそうだ……。

農家はこの結果を確認する収穫の季節に入った。早場米の刈り取りが始まったのである。

何時でも出足の早い中屋では良太郎、松栄夫婦と娘の雪江、それにおじいちゃんも加わり、稲刈りに出動した。早場米は餅米が主だからそんなに多くはないから本稲米を刈る様な人手は要らない。だから中屋の四人は世間に比較して勢いがいい。そこにおばあちゃんが三時のお茶を持ってきた。

「今日は今年初めての稲刈りだから……。」

と言って手作りの牡丹餅を勧めたのだ。おばあちゃんは牡丹餅作りの名人である。みんな旨い旨いとパクついた。農繁期の台所役を受け持っているおばあちゃんはこれで夕飯は少しはずれてもいいだろうと計算している。何時でも野良から帰ると、「腹が減ったぁー。」と、夕飯を急きつくおじいちゃんを意識してることは確かだ……。

秋の夕暮れは早い。繁忙期の台所役はそれなりに気骨が折れるのである。

一方、家主の良太郎は、一服すると何時もの悪い癖が出る。栄屋の世津子の話を始めたのである。

「こないだ（この間）、前の道で世津さんに会ったが、大分腹が大きくなったなぁー。」

　まるで宝話でもする様な口調で切り出したのである。その途端に母さんの松栄が顔を顰《しか》めた。

「お父さん！　まだ世津さんのことが気になってんの！」と怒り、

「やらしいねぇ。」と続けた。父さんの良太郎には言われる何かがあるのだ。懲りない人だ。娘の雪江は、母さんのこんな言葉は聞いたことがないので母さんの顔を凝視した。母さんは捨て面をして下を向いてる父さんの額辺りを睨みつけてる。この様を見た雪江が、

「あらっ、母さん！　妬けてんの！　仲のいいこと。」

と、母さんの松栄をからかったが真顔は変わらなかった。松栄の怒りは何時もより執拗だ。おじいちゃんとおばあちゃんは馬耳東風の体で別な世間話をしている。

　この頃、近所のおばさん衆の間でも世津子のお腹のことは噂していた。そのことは松栄の耳にも入っていたが、「殊更言うことでもないだろう……。」と、松栄は抑えていた。それを夫の良太郎がまるで「初耳だろう！」と言わんばかりに披露したから腹がたったのだ……。

亭主がいる女性が妊娠するのは不思議なことではないが今度の世津子の場合、「どうも計算が合わない。」と世間で疑っていたのである。

世津子はもう四十が近いがあり得ないことではない。でも下の太郎が生まれてから四年も経っている。男衆は、

「流石の嘉鋤さんもあれ（太郎ちゃん）でおつもり（終わり）かね。」

などと埒《らち》もない、噂話をしていたのである。だから、今度の世津子の妊娠は「佐藤技師の勢いではないか……。」と話が進んでいたのである。それでも話はひそひそ話の域だった。松栄はその話への怒りというよりは、それが引き金になって昔の苦い体験を鮮明に思い出させたことだった。世津子が栄屋に嫁に来た時のことである！

もう十六年も前のことだが……ガキ大将だった中屋の良太郎は一の子分だった栄屋の嘉鋤が足の悪い障害者であることに深く同情し、特に嫁取りのことを心配していたのである。そこに突然、嫁を娶《めと》ると聞いて狂喜した。良太郎は待ち望んだ結婚式に、ガキ仲間数人を引き連れて栄屋に乗り込んだのである。そのこと自体は土地の風習でもあり、特に突出した行動ではないが、その中身が悪かった。ガキ大将の良太郎は三人の幼児を抱えて四苦八苦してる若妻松栄を放ったらかしで栄屋に三日三晩入り浸りで飲み明かしたというのである。

そこで、〝腹に一物〟ある良太郎は、直近に花嫁の世津子が居ると言うのに、

「こんな綺麗な嫁さんを一人占めするけい？　俺にも貸せい！」

と、嘉鋤に絡んだというのである。尤もガキ大将の良太郎は一番の子分である嘉鋤に最大の世辞を使ったつもりらしいが……。〝ふざけ過ぎ〟は否めない。この絡み事は直ぐガキ仲間から漏れ、松栄の耳に入ったのである。そればかりではない。何時まで経っても帰って来ない良太郎に痺れを切らしたおばあちゃんが、「いい加減にせい！」と、栄屋に乗り込んだ。しぶしぶ酔っ払って中屋に帰った良太郎は松栄の前も憚らず、

「世津さんは綺麗だ。可愛い。あの嘉鋤の奴がっ。心配してて馬鹿見たよ！」

などと、常軌を逸した雑言を吐いたというのである。酔っ払っていた良太郎はこの言動をとうの昔に忘れていたが、正気だった若妻、松栄にとっては胸の奥に刺さったトゲだったのである。松栄の見幕に抑えられ暫く下を向いてた良太郎が頭を擡《もた》げ、言い訳のつもりだろうが更にまずいことを言ってしまった。

「いやいや、世津さんのことが嘉鋤に知れたら〝暴力沙汰〟にならないか。俺はそれを心配してんだよ！」

良太郎は栄屋の騒動が気掛かりだ。と話の調子を落としたつもりらしいが……。

〝暴力沙汰〟は、どぎつかった。

「お父さん！　嫁に行く、雪江が悲観する様なことを言わないで！」

松栄は色を成して叫んだ。

収穫の野良で縁起でもない話だが、母さんの松栄も引っ込みが付かなくなったのだ。さっきから、このやり取りを聞いてた雪江が、

「お母さん！　もう、いいの、いいの！」

と松栄を宥《なだ》めると、その続きを直ぐ父さんの良太郎を振り向き、

「父さんにも随分逆らったねぇー。御免ねっ。」

と、しんみり調で父との長い諍いの収束宣言をしたのである。これも野良の贈り物かも知れない……。結婚を巡る父娘の長い確執に終止符が打たれたのである。やっと松栄の顔が綻んだ。だが父さんの良太郎は未だ顔を上げない。しかしこれでお茶時の野良談義は終わりそうな雰囲気になった。その時、おじいちゃんと世間話をしていたおばあちゃんのほほ皺《じわ》がぴくぴく動いたのである。これを目撃したみんなは、「さあー、おばあちゃんの出番だ！」と構えた。おばあちゃんの口から何が飛び出すかと思案してるところに、

「稲穂が垂れてたけん、出来はいいと思ってたが、どげな？（どうだ）」と、おばあちゃんは委細構わず、みんなに収穫の具合を問うたのである。みんなは一瞬、拍子抜けしたが当節これが本題である。これにはおじいちゃんが直ぐ、

「やぁー、株がえらい重かったけん。」と、合いの手を入れたのである。すると父さ

んの良太郎が急に元気付き、

「うん、さっき本稲の粒を勘定してみたが去年の倍あったわっ！」

と、数字を以て豊作を告げたのである。これには松栄も雪江も「うん、そうそう。」と頷いた。やっと収穫の野良にかえった。確かに今年は天候に恵まれ、天災もなく天啓に浴した。

世間では出会う度に、

「やっぱり、神さんは、万度苛めることはせんわ！」

「そげですわ（そうですわ）、ありがたいことですわっ。」

などと言葉を交わしながら元気付いていた。

（十九）

早稲の刈り取りは、この年の収穫の具合を確かめる最初の機会ではあるが野良の賑わいはそれ程でもない。どこの家でも早場米は少ないからだ。それが半月も経たない内に本稲の刈り取りが始まる。農家にとっては田植えに次ぐ第二の行事であり、その年の収穫を最終的に確認する慶びの時である。今年は豊作だから特別だ。田植えより期間が長いし仕事の様態も違うので野良の人出は少ない様に見えるが、延べ人数はむしろ田植えより多い。仕事の段取りに従って刈り手が里の方からも帰ってくるが凡そ三段立てくらいの陣立てになる。この時は〝栄屋暦〟も区別が付かない程だ。この収穫の秋には子供たちもよく手伝う。田植えより、子供が役立つ仕事が多いことも奏功してる。田園は乾田だから刈り取った跡は広い運動場になる。野球、城取りゴッコ、カケッコなどが近場で出来るから子供が張り切るのも無理もない。それに三時のたばこ（休憩）に、新米の牡丹餅、柿、山の幸、等々秋の味覚を満喫できる。秋の野良は子供たちにとっては大いに誘惑する魅力的な場所なのだ。

刈り取った稲束は、田圃の大きさや運搬の利便に合わせて、三段、五段、七段の〝はで木〟に引っ掛けて日干しする。この一連の作業も遠くから見ると滑稽に映るが一仕事である。

その手順は、稲束を手に取り結び目から二股に割り、段構えに設えた竹竿に、〝ひょい〟と、引っかけるのである。下の方から縦、横に、だんだんと攻め上げていくが、三段くらいの高さになると、上手《うわて》の者が竹竿を上って構え、下手の者が、「ほいしょ！」と放り投げ、上手が、「よいしょ！」と摑み取り、竹竿に掛ける。この一連の動作を繰り返しながら〝はで〟を満杯にしていくのである。これは上手と下手の息が合うことが必須条件である。だから、父ちゃんと母ちゃんの組み合わせが殆ど

だ。父ちゃんが上手、母ちゃんが下手が原則だ。これが反対になろうものなら、

「あそこん家は、かかあ天下だ！　母ちゃんが強いもん。」などと喧伝されるから、父ちゃんは、ちょっとくらい腰が痛くても上に上るのである。遠目には滑稽に映るが、互いに気遣っている。最上段に上った、父ちゃんに、下手の母ちゃんが、

「さでぼろけんようにねっ！（滑り落ちない様にねっ）」

と、大声を掛け、これに上手の父ちゃんが、

「おぉー、せわぁーねぇー（大丈夫だ）。」と応えるのである。田圃のあちこちで交わされる絶妙の相呼吸だ。世津子は、栄屋に嫁に来てこの方こんな快感を味わったことはない。

だんだん刈り取りが進むと、稲束で満杯になった〝はで〟が増え、盆地一帯を埋め尽くす。〝はで〟は強風をいなす為、南北の方向に揃っている。この様は壮観だ！　たとえば、無数のジャンクが揚子江を上る様を想像したらどうだろう……。

この〝はで〟は子供たちの隠れんぼ遊びの舞台になるのである。〝はで〟に掛けた稲は二十日も日干しすれば、いよいよ農業の総括である、〝稲こき〟が始まる。今年は全ての兆候が豊作間違い無しだから仕事に熱が入るのである。この作業は十月の終わりに訪れる、鎮守の神の天神様の秋祭りまでに終えるのがこの地の習わしである。

稲こきした藁《わら》は〝藁ぐろ〟にして保管する。これが田園のあちこちに林立する。

今年最後の田園風景である。これも子供たちの城取りゴッコの陣地になるのである。兎に角秋は子供たちに沢山の遊び場を提供するのである。とんちゃん事件の舞台となった〝はで木〟小屋は空っぽで、ただ惨《むご》い四本足を晒してるだけだ。

こんな慌ただしい時節でも、栄屋の旦那の嘉鋤は備後にかくれんぼしてるのである。

（二十）

稲こきが終わると、人々は天神様のお祭りを待つのである。この秋祭りは、村人の、営みの総決算である。まずは、この村の最大の産業である稲作が絶好調だったし、永年悩まされた大馬木川の水害の危険も目に見える形で恒久対策が打たれている。今年の決算書は大きな黒字が見込めるのである。この決算が終わると、土木工事は最も活況を呈する。

〝食欲の秋〟、体力は付くわ、気候はいいわ、野良からの援軍はくるわ。で、河川工事の態勢は大いに強化されるのである。川底会議も勢いを取り戻した。全てが順調に進むかに見えたが、こともあろうに、役場の吏員、チョロ松こと、小松が、総決算の祝いである天神様のお祭りに大きな汚点を残す種を蒔いたのである。小松は大分揉まれてきた筈だったが軽率さは抜けてなかった！　久方振りに上区の川底会議に飛び込んできた役場の小松は、誰も聞きもしないのに、

「下区は大分工事が進んでるわ。」と、上区の衆をけしかけ、続けて……、

「ついこの間、下区のもん（者）が、上区の連中は酒ばっかり飲んでるけん、工事が早か行かないんだわ、と言ってたわっ。」と。更に念押しする様に、

「役場の偉い人もおんなじことを言っておられた。」と気になる告げ口をしたのである。

　それが高飛車な物言いだったのだ。どうも？　小松は、何時もある、みんなの〃いびり〃に機先を制したつもりらしいが勘違いも甚だしい。

「なにっ！」いつも冷静な若者頭の枝木弥吉が血相を変えて小松を睨んだのである。

小松やそこに居合わせた川底衆は、頭の見幕に驚いた。後で判ったことだが……。

　頭の枝木家は上の奥（山裾）の方に在るが、今度の河川工事に当たって、河川敷になっていた自分家の土地を村に寄進した。その過程が悪かった。枝木家では半年前、親父さんが急逝し、頭の弥吉が若い家長になっていた。この事情を図った役場は、

「若い弥吉さんじゃー、昔のことが判らないから……。」とこの説得役を隣のおっちゃんに依頼したのである。弥吉は日頃世話になってるおっちゃんの顔は潰せない。と

渋々了承したのだそうだ。これ以来「役場の者は、持って回った手口を使う人だ！」と腹に据え兼ねてたらしい……。だからさっきの小松の言い様は、その類のことだろう。と、直感したのだ。頭の弥吉は、曲がったことが嫌いだ。こういう御仁が怒ると始末が悪い……。

「康っちゃん、捨やん。下区を見て来い！」と下命したのである。

頭の弥吉の見幕に、急いで自転車に飛び乗った康三と捨松の背に、

「待ってるからなぁー。」

気合いが飛んだ。居合わせた若衆は頭の見幕にしーんとなったが、一方の小松は慌てた。

「役場に仕事が残ってるんで……。」と言い訳しながら立ち去ろうとした。頭は、

「斥候が帰るまで待っちょれ！」と喝破したのである。小松は一瞬立ち止まったが、

「すみません、すみません。」頭《こうべ》を下げながら退出の態勢に入ったが、流石に弥吉はそれ以上の縛りは止めた。

それにしても小松の慌て振りは尋常ではない。後でばれたことだが、下区の衆が集まった時、上区で言ったことと同じ様なことを嘯いてたと言う。その中身は上区へより辛辣だ。

「上区に比べて土木工事の専門が多い割にゃー工事が進んでない。と、役場で評判

だ。」

と、けしかけていたのである。それだけではない。

「上区の衆が、下区の連中は農作業をせん（しない）者が多いが、その割にゃー工事が進んでない。早い話、腕力が無いんだよ。とあざ笑ってた。」

根も葉も無い告げ口をしてたのである。小松は〝超でこせまち〟だ。

「あっちで、こっちの悪口。こっちで、あっちの悪口。」

役場の威光を笠に着て、まるで蝙蝠《こうもり》の様な振る舞いをしていたのである。

頭弥吉の一喝で今になって慌てているが、もう遅い。

両区の連中が怒るまいこと。結局小松は上区と下区の戦端の切っ掛けを作ったのである。

小松が退出して間もなく、斥候に行ってた康三と捨松が、息せき切って帰ってきた。早速、康三が、

「下区もそんなに進んじゃーねぇー。こっちと変わりゃーせんです。」

と報告した。弥吉は、

「よしっ判った。」と、決めると、

「捨松っちゃん、明日でいいけん、下（しも）に行って山脇君に、天神様の祭りの晩に話があると言っちょいてくれ。」

と詰めを指示したのである。弥吉の決断は早い。下区のまとめ役である頭の山脇に、

「顔を貸してくれ。」と伝言を指示したのである。あれよあれよという間の出来事だった。が居合わせた連中は最早頭の弥吉に従ってやるしかないと覚悟を決めたのである。

事実上、上区と下区との喧嘩の戦端が切って落とされたのである。

村の鎮守の神、天神様の祭礼は農作業の結末が付く頃から、次々にやって来る部落の小神社の祭礼の総集編として毎年十月二十五日に挙行される。これが今年一番の賑わいになる。歴史は詳らかではないが、村にはほどよく地形を分割した固有の集落が厳然として存在し、その集落の要所に小神社がある。これが何の神様なのか、何時頃誰が建立したのか個々には定かでないが、人々は昔からこれを敬ってきたのである。春秋の祭礼は必ず行うが秋祭りは特別である。小神社の秋祭りには子供たちの奉納相撲が付きものだ。相撲が終わる頃、当番家から新米の〝おにぎり〟とお新香が振る舞われる。これが殊更美味しい。子供たちはこれが目当てだ。このお米は、子供たちが手分けして各家に寄進詣でで集めたものだ。

こうして子供の頃から互助の精神を養うのである。これが自然に村の良き風土を培うのだ。

この総集の場が鎮守の神、天神様の秋祭りである。これには官民総力を挙げて盛り上げる。

今は村を離れている者も、この時はみんな帰ってくる。里の農家や商売屋に嫁いだ娘さんが、この時ばかりは二、三日の暇を貰って生家に帰ってくる。親は久し振りに娘の話を聞きながら嫁ぎ先での境遇を知るのである。親戚も呼ぶ、中には子息が里の上級学校の友人を呼ぶ家もある。家々では今年一番のご馳走を作り客人をもてなし、お祭りを祝う。

だからこの時は村の人口は異常に膨れ上がる。昼間は学校の生徒による奉納相撲があり、引き続き夜は、村の若者による奉納相撲が挙行される。これには他村からも力自慢が来る。境内には沢山の夜店が並ぶ。子供たちはお祭り用に新調した着物を着、年に一度の小使いを懐に店に群がるのである。日頃抑えている子供たちも、今夜だけは夜更かしが許される。村の有力者が招いた無名の旅芸人が演ずる芝居小屋の呼び太鼓が夜空に〝こだま〟する頃になると、参拝者、相撲観戦者、店に群がる子供たち、酒に酔った旦那衆などが入り乱れ広い境内が満杯になる。

「よぉー、おおぜきー。」

酔っ払った何処かのおっちゃんが、他村から来た力自慢に野次を飛ばした。

この大関が村の若者に負けたから、待ってました、とばかりに、

「おおぜきー、どうしたぁー、あれは態っとじぁーねぇーぞっ、と。」

歓声を上げた。これに呼応して観衆から〝やんや〟の喝采が起こったのである。

秋には凡そ三～五日置きに郡内の村々で鎮守の神のお祭りがある。件の大関は秋祭りの、奉納相撲の土俵荒らしである。秋祭りになると、村々を回って土地っ子を手玉に取って、ずうーっと大関を張ってる有名人である。だから勝手に押しかけるだけでなく村役場から招待される。今年は招待されていたのである。招待された村では一番くらい負けてサービスするのが習わしだが、

「今の相撲は、ほん（本当に）に負けたんだぞっ。」

と、どっかのおっちゃんが野次ったからやんやの喝采になった。か様に、村人たちがお祭りの中に沈殿している、その隙を突く様に神社境内続きに広がる田圃に林立する藁畔の陰に数人の人影が集まった。上区の頭、弥吉が率いる康三、捨松、信造たち、上区の面々だ。そこに向こうの暗がりから一隊が現れた。下区の頭、山協を先頭にした下区の連中である。

この一隊は先に来た上区の連中の前に来て対峙した。互いに月明かりで目を凝らすと、知り合いばかりだ。流石に他所者は居ない。学校を出てから疎遠にはなってるが学校時代は共に腕白に精出した仲間ばかりである。だが大分酒が入ってるのが気掛かりだ。

「おうー。呼び出してすまん。」

弥吉が発した第一声は、先日の見幕とは全く調子を落としたものだった。

弥吉、山脇は同期の桜だ。

「今まで芝居を見てたが、途中で出てきたけん。」

山脇は冷静に応えた。こういう人間は各区に一人や二人は居る。

「そりゃー、そりゃー。」

弥吉は、〝態々すまん〟と詫びたのだ。そうしておいて、

「山ちゃん、何で呼び出したか判っちょるかい？」

と、弥吉が本論に分け入った。それを聞いた控えの連中は息を飲んだ。

「大体、見当は付いちょる。小松が言ったことけぇー。」

山脇の言い様は、弥吉も及ばない冷静さだ。上区の連中は、山脇の見透かした様な言い方に、

「なにを！」

「小松は、しょうがねぇーが、上（かみ）の悪口言うのは止めてよ、仲間じゃん。」

弥吉は本音を吐いたがその語尾は控えの若い連中には戦意を殺ぐ響きだった。

「弥っちゃん。〝悪口言うまい〟とはこっちが言いたい文句だよ。」

山脇が直ぐ反応した。押したり引いたりはあるが、なかなか戦端は見えない。

控えの若衆は酒が入ってるから戦意旺盛だ、もうじれったくなってる……。

「だども、上の連中は酒ばっかり飲んじょるけん工事が進まんちゅうのは、どげなもんだ。世間体が悪いったらありゃせん。」

弥吉は、得意の詰問調で山脇を押した。これに山脇が、

「なにっ、そげんこたぁー、言っちょらん。」

と言うなり、「なぁー。」と控えの連中を振り返った。下区の連中は、

「そげだ。言っちょりゃーせん。」と口を揃えた。

「そっちのことばっかり言っちょるが下区の連中は腕力がないから工事が進まん言ったって、なんなら試してみようか。」

日頃冷静な山脇が突如として挑発的な言辞を吐いた。一瞬、緊張が走った。

慌てた上区頭の弥吉は、

「お祭りに縁起でもねぇー。そげんこたぁー言っちょらん。」

と応えると、「なぁー。」と大声で控えの連中を振り返った。上区の連中も口を揃えて向こうより強く否定したのである。ここで対峙していた隊列が、がやがやと乱れた。最早熱い戦いの鉾が納まった空気になった。

「やぁー、弥っちゃん、おれらー、小松に踊らされたんだよっ。ばっか馬鹿しい。」

と下区の頭山脇が本音を漏らすと、「全くだ。」と弥吉が即応した。格好いい手打ち

である。

だが、それじゃー収まらないのが若い連中だ。中でも捨松が熱い。頭弥吉の使い走りを散々やらされ、それに年下の小松が伝手で役場の吏員になったことを根にもっていた。この際だ。と意気がっていたのだ……。その捨松が、

「小松を呼んで来るっ。」と暗がりの中に跳んだのだ。

「喧嘩はいけんぞ（いけないぞ）。」

弥吉は慌てて、捨松の背に大声を浴びせながら康三の肩を叩いて後を追わせた。

山脇も若衆一人に追わせた。その様子を見て、山脇が、

「若いもん（者）はなぁー。」と、嘆いて見せた。

多分、弥吉も狼狽してるだろうが、暗がりで顔はよく見えない。

「おれらは、役場に近いから判るが。役場の連中が、あんなことを言ってるだろうよ。あの小松の馬鹿が真面にとって……。」

山脇が、しんみり調で小松のことを詰った。

山脇は小松を役場に世話した古参吏員の矢部と昵懇《じっこん》の間柄だった。狭い村ではそこかしこに柵みがあってややこしい。矢部は役場でナンバー4であり、小松は常日頃それを笠に着た態度が見られ、周りからうさん臭く思われていたのである。

捨松たちは、相撲観戦してた小松の肩を叩いて、「ちょっと。」と眼を切り連れ出し

たと言うが案外早くみんなの前に現れた。小松も大分酒が入っていたが、山脇の顔を見てほっとした表情を浮かべた。だが山脇は小松の顔を見るなり、

「松っちゃん、あっちでこっちの悪口。こっちであっちの悪口。いい玉だなぁー。」

と乗っけの言葉を吐いた。頭の山脇は、なんとなく、「俺は小松に義理はねぇー。」とみんなに言いたかったらしい。山脇の深慮に対し小松は浅はかだ。

「なんのこと？　工事の進捗のことは言ったが悪口なんか言っちょらんよっ。」

と惚けた返答をした。その時だ。

「なにっ！」

怒声が夜空に響くと、捨松の鉄拳が空を切り小松の鼻元に命中した。

「痛い！」

大きな叫び声と共に小松がその場にうずくまったのである。

「やめろ！」

頭の弥吉が、興奮してる捨松の腕を摑み制止した。

「やめろ！　お祭りだぞっ。」

山脇もみんなを制止した。小松はうずくまった侭、たらたらと鼻血を垂らしている。その小松を山脇が襟首を摑んで引き起こし、首筋に二度三度、手刀を切ると鼻血は止まった。

「やめだ、やめだ。」若衆からも声が上がった。

「おいっ。みんな！　これはなかったことだぞっ。」

両区頭の弥吉と山脇が殆ど同時に言って顔を見合わせた。

「どうもねぇー。」

「あぁーあぁー。」

弥吉と山脇はこの対決の収束を、溜め息交じりに宣言したのである。集まった両区の連中は入り乱れながら天神様の境内に散っていった。

（二十二）

事の後、弥吉と山脇は、今夜の出来事が表沙汰になることを極度に恐れていた。案の定、天神様のお祭りが終わって二日後のこと、役場から呼び出しを受けた。笹木助役から、弥吉と山脇に一寸お話を聞きたいことがあるとの呼び出しである。

「やっぱり！」

ふたりは恐れていたことが現実になり狼狽した。ふたりは指定の午前十時に役場に足を運んだ。助役と言えば、村でナンバー2の偉い人である。この方に呼び出されることはただ事ではない。ふたりは腹を括り、案内された受付の奥の応接間に入って待った。

　誰から漏れたんだろうか？　やっぱり目撃者がいたのか、小松のご注進か。など、と思案しているところに、「やぁーやぁー。」と威厳に満ちた助役がひとりで現れた。ふたりは直ぐ立ち上がり一礼した。助役は、にこにこしながら、

「お忙しいところ、すまんですなぁー。」と切り出すと椅子に座った。今は役場の偉い人になってるが、もとはと言えば頭ふたりと懇意だったのだ。ふたりは間髪を入れず、

「騒ぎを起こしましてっ。」

と、揃って頭を下げた。即座に助役は、

「いやっ、まぁーまぁー。」

と、ふたりの言葉を抑えながら席を勧めた。ふたりは益々〝恐縮の体〟である。

　助役の方が数段役者が上だ。助役はおもむろに切り出した。

「みなさんの頑張りで大分工事が進んできました。村長さんも喜んで居られますわっ。」

「いやいや、ご期待には及びません。」ふたりは神妙に口を揃えた。ふたりはいつ本題が出るかと緊張しているが、

「天神様のお祭りも賑やかで良かったですなぁー。」

助役は微妙なところを突いた。ふたりはグーッと息を飲んだ……。

「他所からも随分大勢の人が来ていましたから。」

弥吉が応えると、山脇も相槌を打った。

一寸間を置いて、助役は、

「おふたりには話しておかないとと思ってねぇ。当分の間小松を外回りの仕事から外しましたから……。」

と、ふたりに告げたのである。ふたりは早く叱ってという思いだが助役はふたりの思いとはズレたところを叩いた。即座に弥吉が、

「ご迷惑をお掛けしましてっ。」と頭を下げた。山脇もそれに倣った。

「いろんなことがありますが、今後ともよろしく、頑張りましょうやっ。」

助役からは、ふたりを咎《とが》め立てする言葉は一言も出なかった。

弥吉も山脇も拍子抜けの体で恐縮するばかりだ。助役は、

「さぁー、おふたりは忙しいから。」と、席を立って行った。

弥吉と山脇は安堵と拍子抜けの複雑な気持ちで役場を後にした。だが弥吉は山脇との別れ際「このままじゃーすまないなぁー。」と感想を漏らしていたが後日弥吉の予感が的中した。

ふたりが助役と会ってから一週間の後、役場から助役名の［告示書］が交付されたのである。この様な告示書は、恐らく村始まって以来のものであろう。

村人は何事が起こったのか、と一様に驚いた。村人が目にした中身は大馬木川の大改修事業に対する所感と村民の絶大な協力に対する謝礼。と反面この事業がもたらした村の変貌に対する危惧。頻発してる喧嘩、傷害沙汰に対する憂慮。更に淫靡《いんび》な男女関係に対する懸念。等々が記され、最後に、「村長さんの顔に泥を塗らない様に。」と極め付けの文言も入っていた。（次に告示書の全文をあげる）

［村民の皆様へ］

ご存じのとおり今、村民一同、永年渇望して参りました大馬木川の大改修事業が進められています。村民各位の特段のご協力と請負会社のご尽力により河川事業は軌道に乗ってきました。誠に心強い限りであります。

また、頼みの稲作も豊作で締まり、天神様の祭礼も近年にない賑わいでありました。

重ね重ね慶賀の至りに存じます。ここに改めて村民各位に衷心よりお礼を申し上げます。

ただしかし、この大事業は未だ緒についたばかりであります。
この機に、もう一度この事業の意義を問い質し、今後の糧にしたいと存じます。分けて言うまでもなく、私どもは毎年襲来する秋の風水害に悩まされてきました。正に絶望の縁に立されました。昨秋の暴風雨では頼みの田園が壊滅的な打撃を被りました。正に絶望の縁に立された訳です。

当初、この復興には十年有余の歳月を要するだろうと推測されました。それが一年経った今日、早や復興の僥倖を見るに至りました。この様な早い立ち直りには天恵もありますが、なんと言っても、村の惨状を県当局に訴え、この大事業を勝ち取ってこられた笹森村長の、ご尽力の賜物であることは今更申し上げるまでもありません。

幸い事業それ自体は順調に進んでおりますが、一方では営みの万般に亘って様々な戸惑いや問題が生じていることも事実です。これも村始まって以来の大事業に伴って生じたものであり、止むを得ざる面もありますが、しかしこれによって先人が営々と培ってきた郷土馬木の「良き伝統」が埋没する様なことがあってはなりません。

この様な観点から、敢えて二つの事柄について懸念を表明しておきたいと存じます。

◆一つは、酒の上とは言え、口論、喧嘩、引いては傷害沙汰が絶えない事。

◆今一つは、男女関係で、淫靡《いんび》な噂が絶えない事です。

誠に申し辛い事柄を述べましたが、これはひとえにこの事業に纏わる不祥事によって、「笹森村長の顔に泥を塗る様なことがあってはならない。」という老婆心からでございます。村民各位のご理解とご協力を切にお願い致します。

以上

昭和十年十一月十日

島根県仁多郡馬木村助役　笹木誠次

この古風で封建的な山村では役場からの通達は絶大である。殊に、「村長さんの顔に泥を塗ってはならない。」という件《くだり》は村民にとっては衝撃的である。

笹森村長は孤高の人だった。存在そのものが統治の象徴であり、助役は格段下の立場から言わば〝汚れ役〟も厭わず統治の実務を司っているのである。だから「笹森村長にご迷惑を掛けない。」というのが基本姿勢である。告示書の件の文言も、この考えから発せられたものである。笹森村長の庄屋は、村を超えた奥出雲屈指の大地主だった。稲作と林業に支えられてきた、この村では多くの村民が、何らかの形で笹森家の恩恵を受けるという社会構図があった。

告示書は部落長から各家に回覧された。

これを目にした世津子は眼前に稲妻が走った様な衝撃を受けたのである。栄屋は笹森家筋ではない小地主だったが今まで様々な困難を乗り越えてきた世津子も、今度の告示書は今まで遭遇したことのない大きな衝撃だったのである。世津子は自分のことが指摘されたと、心底思ってしまった。この様子を目にしたお婆々は間断なく世津子を見舞い、

「お前さんがしょげてたらお腹の子によくない。腹一杯食べて元気を出さなきゃー。」と元気付けるが世津子は「でも……。」と、しょげ返ってる。流石のお婆々も表だっては「告示書など気にするな。」とまでは言えないのである。長女の松子も受験勉強に精出しながらも、告示書が出てから母の元気がなくなったことが気になって仕方がない。

佐藤自身にも何かがひしひしと迫って来て、とても世津子を元気付ける余力はない。

この告示書の件は、役場から山を越えた備後の嘉鋤にも知らされた。知らせたのは嘉鋤が若い頃から、さんざん世話になった部落の先輩でもある藤原収入役だった。告示書の写しの他に気になる手紙も添えてあった。

「告示書が出てから急に世津さんの元気がなくなった。何か間違いが起こるといけけん。松子ちゃんも師範学校を目指して頑張っているがお母さんのことがえらく気掛りの様だ。栄屋に異変が起きたら、あんたも困るだろう。お婆々が元気付けているが

……。」

嘉鋤にとってはえらく気になる内容だった。

藤原収入役は、今では役場ナンバー3の地位にあるが、嘉鋤が若い頃から身の上相談をしてきた良き先輩だった。親父の庄吉が亡くなり、嘉鋤が博労で身を立てようとした時、備後の親方（世津子の実家）への弟子入りを世話してくれた。その後、嘉鋤が修行を終え、独立する時に役所への申請手続きをしてくれたのも藤原収入役だった。だから嘉鋤にとっては、お婆々とは別な意味で頭が上がらない人だったのである。

嘉鋤はその恩は忘れてない。備後から帰る時には、お婆々と藤原先輩へのお土産の他に工事現場への〝お茶菓子代〟を届けていたのである。嘉鋤なりに気を使っていたのだ。その筋には抜かりない。藤原収入役は、

「このことは、村長さんや助役さんにも話してある。大変感謝されているが、公表する事じゃないからなぁー。」と嘉鋤を諭しながら厚志を受け取っていた。これが認知後の川底会議のお茶菓子代になっていた。だが知らない若衆は嘉鋤の悪口ばっかり言っている。因果なことだ。

この告示書のことは川底会議の話題になった。当初は自粛ムードがあったが、間もなく若衆から反発も起こった。

「誰が役場に垂れ込んだ。」というのが最初の怒りだ。

「小松は、当分外回りの仕事から外されるそうだ。」

弥吉が、初めて助役の話を明かした。

「そうだよ、あんな奴は〝お茶汲み〟でもやらせりゃーいいんだ。」

早速、捨松が憎々し気に反応した。すると、

「何をやるかは聞かなかったが、そんなことからやり直しだろう。」

頭の弥吉が捨松に合いの手を入れた。弥吉はお祭りの夜のことが気になってるのか、いつになく捨松に丁寧だ……。すると今度は、

「なんぼ役場でも男女のことまで言うのは越権じゃーねぇーか、個人の権利の問題だべぇ。」

今まで〝でこせまち〟と言われていた康三が見事な正論を吐いたのである。これにはみんなが、「そうだ、そうだ。」の大合唱になった。

元々この地は、男女関係には寛大な土地柄だった。だから、とんちゃん事件の様なことは珍しいことではなかった。世間では時節柄か部落の常会が増え、濁酒《どぶろく》が入ると、「わが大君に召されたる……。」と出征兵士を賛美する歌が流行っていた。それには何となく男女の寂寥感を唆る様な雰囲気があり、それが世間に伝搬しつつあった。

だから旦那が長らく家を空けている栄屋の場合などは、世間では「さもありな

ん！」とむしろ肯定的な評判になっていた。

「何を、今更仰々しく。」

また一方では、

「まぁー、これで里から来た連中も手出しし辛くなったべぇー。」と、中には本音を吐く者も居て受け止め方も一枚岩ではなかった。それでも役場の処置を訝る向きが多かった。そこに何処からともなく、［告示書］発布を巡る裏話が漏れてきた。確かにこの事業が始まって以来、外部から大勢の労務者が入ってきたことで諍いが起こっていた。

殊に石垣積みが始まったこの頃では更に遠方から職人、労務者が来村したため更に争い事が増え酒の上での傷害沙汰も勃発していた。たちの悪い他所者を追放したこともあった。

だから役場では争い事には殊さら神経質になっていた。今度の天神様のお祭りの時は身内同士だったから余計に厄介なことになったのだ。役場吏員の小松が被害者になったから役場としても捨て置く訳にはいかなくなったのである……。

やはり目撃者がいて役場にご注進に及んだらしいが。それよりもお祭りの翌日、小松が大袈裟な養生をして役場に出たのが効いた。早速、これを見た後見人の矢部のじいさんがいきり立ったというのである。小松は矢部のじいさんの詮議に自分のことは棚に上げ、昨晩のことをぺらぺらと喋ったというのだ。これを真面にとった矢部のじいさんが怒って、笹木助役に幹部会の開催を要請したのがことの始まりだったというう。会議には助役以下五人の幹部が出席したが大方は小松が争いの種を蒔いたことを知ってたから、

「今度のことは、役場としては大袈裟にすべきではない。」と、冷静に受け止めていたが、ひとり矢部のじいさんが周りに眦《まなじ》りを飛ばしたという。会議が始まると矢部のじいさんが口火を切った。

「身内の傷害沙汰は捨て置けない。村長さんの顔に泥を塗る行為だ！」

と、みんなが一番弱い所を突いて喝破したのだ。出会い頭の張り手の様なものである。みんな矢部のじいさんの一撃にたじろいだ。

矢部吏員は、もう七十歳を超える高齢で役場では最長老である。世間ではもういい加減に引退したらいいと陰口も出ていたが当時の役場には定年制などない。だからいつまでも辞めない。本人は矢部家の特権ぐらいに思ってるらしく始末が悪い。地方の役所の傾向だ。

「あのじいさん、腰が立たなくなるまで居座る気かっ。」

世間は半ば怒っていた。そんな人間の言行は例えば「古参軍曹」に比肩できる。この種の問題には頓に強硬になるのだ。じいさんの意見は、

「なんらかの形で村民に警告しておく必要がある。」と強硬だった。これに対し、「そこまでことを荒立てることはない。両区のリーダーを呼んで説諭するぐらいで充分だ。［告示書］など出せば禍根を残す。」というのが大方の意見だった。だから会議を主催した笹木助役は、両区の頭の佐々木弥吉と山脇のふたりを役場に呼んだのである。それに兎角世間の評判が悪い小松を第一線から外したのだ。これで一件落着の筈だった……。

ところが後で小松の処遇を知った矢部のじいさんが、いきり立ち、［告示書］の交付方を捻じ込んだのである。これを知った他の吏員は、［告示書］を出すにしてもその中身は、酒の上での争い事に〝自粛要請〟する程度のことだろう。と高を括っていたが蓋を開けて見ると、男女関係にまで言及した厳しいものだった。みんな驚いたが後の祭りだ……。

矢部のじいさんは前々から自分より年下なのに収入役をやってる藤原吏員に一物あったらしい。だから栄屋と深く繋がってる藤原収入役に「この際だ！」とばかりに意趣返ししたというのが事の真相らしい？　戦前の社会でも「万機公論に決すべし。」という民主的な考え方はあった様で吏員会議まで開いたが結局は長老の横槍で不穏当な文言が入ってしまったのである。

その後、だんだんと事の真相が伝わってくると、世間では［告示書］の受け止め方

に白けムードが漂ってきた。特に若衆の間でその傾向が強かった。川底会議では、

「男があがってしまった、あのじじいの奴が！」

「自分たちの若い頃のことを棚に上げてっ。」

「早く役場を辞めりゃいいんだっ！」

矢部吏員に対する罵詈雑言が飛び交ったのである。世間でも男女関係に関する文言はえらく不評だった。この様な世間の雰囲気は世津子には未だ伝わってない。だから世津子の苦悩は募るばかりだった。当初、世津子の妊娠のことは近隣では話題になっていたものの村全体には広まっていなかった。だから世津子はこの問題を栄屋の家庭内の問題として解決する決意だった。初めて佐藤の子を宿したことを知った時、いち早くお婆々に相談しお墨付きを貰っていた。だから世津子には、

「私の独りよがりではない。」という思いもあって佐藤の逡巡も抑えてきた。夫、嘉鋤の責め苦にも耐え抜く覚悟は出来ていたのである。

お婆々は、もう少し構えてる風だった。それに中屋の良太郎も援軍だった。兼々、

「ことを荒立ててはいけん。」と漏らしていたのだ。そこに今度の［告示書］である。あっという間に、世津子のことが悪い噂として村全体の関心事になってしまったのだ。

この地にしては誠に運が悪かったとしか言いようがない。その結果。世津子、お

婆々、良太郎が阿吽の呼吸で練り上げた解決の処方箋に根本的な狂いが生じたのである。それでもやがて［告示書］発布の真相を巡る世間の悪評が世津子の耳にも入り落ち込みも少しは萎えていた時だった。

（二十二）

師走入りを間近に控えた十一月の中頃、旦那の嘉鋤が備後からひょっこり帰ってきた。国境の峠に雪が降る直前、師走に入って間もなく帰るのが通例だが、今年はひと月早い。世間では、［告示書］絡みで、栄屋に何か異変が起きたのだろう。と噂していた。正に嘉鋤は藤原先輩の便りにえらく動揺したらしい。

「万が一、世津子が親子心中でもしたら栄屋も終わりだ！」

と最悪の事態を想像したのだろう！　嘉鋤も意外に気が弱い。

一方、世津子も嘉鋤が早く帰る理由が解ってるから身構えている。お婆々も同じだ。

国境の峠を越え山裾に沿って続く緩やかな村道を下り終えた所に、馬木盆地を一望出来る台地がある。嘉鋤は昼前に漸くこの台地に着いた。ここまで来ると、嘉鋤の馬上姿が田園の視界に入る。田園は既に一面、黒褐色の地肌を現し役目を終えた〃はで木〃の残骸がそこかしこに林立していた。毎年訪れる晩秋の田園風景である。嘉鋤にとっては半年振りに見る古里馬木の風景である。田園では〃はで木〃の取り壊し作業が佳境に入っていた。何時でも出足が早い中屋では家長の良太郎、母さんの松栄、娘の雪江の三人がこの作業に取り組んでいた。

そんな忙しい仕事の中でも、兄貴分の良太郎は嘉鋤の帰りを待っていたのである。そろそろ着く筈だと見当付けてると、坂の上に嘉鋤の馬上姿が目に入った。

良太郎は、本通りに向かって狭い畦道《あぜみち》を跳んだ。間もなく嘉鋤がそれを見付け、馬上から盛んに手を振った。だんだんと近づき、良太郎と鉢合う所まで来ると嘉鋤は駒を止めた。二人は互いに顔を見合わせながら無意味なにたにたの交換である。

「今年は早いじゃん。」良太郎が馬上の嘉鋤に声を掛けると、

「収入役さんから連絡があったもんで……。」

と応えて黙った。兄貴分の良太郎は、二度三度、首を振って「うん、うん。」と頷いた。

良太郎は事の次第は大方察しが付いてる。足の悪い嘉鋤は何時でも馬から降りないが兄貴分の良太郎は了解しているのだ。ふたりは暫く顔を見合わせていたが、良太郎は、だんだん気合いを入れ、

「嘉っちゃん。荒れちゃーいけんけん。」いきなり嘉鋤を諫めたのである。

「解っちょーますけん。」嘉鋤は素直に応えた。兄貴分の良太郎は嘉鋤の気性を知り抜いてる。

世津さんの腹を見て、〝かぁーっ〟となるな。と忠告する機会を窺っていたのだ。

久し振りの話もたったのこれだけである。間もなく、嘉鋤は馬を蹴ってその場を去った。

栄屋は、馬脚で、五、六分の所である。本通りから石ころが転がってる狭い二十間ほどの坂道がありここを上がり切った高台に栄屋が在る。嘉鋤が帰ってきた時には蹄の音や嘶きが帰還の合図になる。〝龍太〟は利口な馬だから最後の〝くの字〟の坂道を曲がって母屋が正面に現れた途端に甲高く嘶く。これが少し遠くなってるお婆々の耳にも入るのだ。だから嘉鋤がこっそり帰ろうとしてもそれは出来ない相談だ。世津子は予め、「昼頃帰る。」という嘉鋤からの連絡を受けてたからご馳走を作って待っていた。昼を少し回った頃龍太の嘶きが木霊《こだま》した。

世津子は急いで庭に出て旦那の嘉鋤を迎えた。世津子を追って一番下の太郎が、「父ちゃん。」と叫んで玄関を飛び出した。昼までに学校から帰ってきた長男茂介や次男の与之介、三男末吉は父さんが帰ってくることを世津子から知らされていたが仲間との遊びが優先だ。早やお昼もそこそこに家を飛び出していた。末っ子の太郎だけが残ってお父さんを出迎えたのである。龍太に跨がった嘉鋤が前庭に着くと、世津子は大きなお腹を控え目にしながら、「お帰りなさいっ。」と何時もの声を掛けた。その時、嘉鋤は安堵の表情を浮かべた。

「おぉー。」と応えると、「いい子していたかっ。」と言って太郎を見下ろした。

嘉鋤は、何時もの様に庭の前端にある柿の木の前で龍太を止めた。世津子は嘉鋤から手綱を受け取り龍太に、「ご苦労さん。」と声を掛け首筋を二度、三度撫でながら手綱を柿の木に括りつけた。嘉鋤は、ぎこちなく龍太の背から降りると、家の中に入った。

父ちゃんっ子の太郎は、足の悪い嘉鋤に連れ添い居室までズボンの裾を引いた。その間、嘉鋤は熊の様な大きな手で太郎の頭を撫でたが、太郎は首を竦めて応えた。嘉鋤は、そんな太郎が可愛くて仕方ない風だ。世津子は馬具に括りつけてある荷物を下ろし馬具を取り外すと龍太を離れの馬屋に導き入れ、馬草と水をたっぷり与えた。世津子は嘉鋤が帰った時には、何時もこうして迎えるのである。

荷物は、人手を頼んだ時に振る舞う備後の珍品やお婆々と役場への土産物だ。嘉鋤はこれを欠かしたことはない。自室に入った嘉鋤は旅衣装を解いているが動作は鈍い。余程疲れてる風だ。着替え終わって奥の間に入ると、何時もの様に仏壇に進み、ご先祖様の位牌の前に線香を立て鐘を叩いて両親の戒名を唱えた。この供養が終わると、奥の間の真ん中に常設してある格式あり気な床卓の前に腰を下ろした。太郎もいっしょに仏壇に手を合わせてから嘉鋤の脇に座った。床卓の上には世津子が支度したご馳走が並んでいた。間もなく龍太の世話を終えた世津子が嘉鋤が待つ奥の間に入ってきた。世津子は嘉鋤からの土産物を仏壇に供え、手を合わせ終わると、嘉鋤と対座し、

「お久し振りですねぇー。」と言葉を掛け支度してた燗酒を差し出した。嘉鋤は、その初杯を美味しそうに飲み干した。辺り一杯、嘉鋤が多めに供えた香の香りが漂っている。

以前、世津子がお婆々に夫嘉鋤の信心深さを誉めそやしたらすかさずお婆々は、

「なにっ、ありぁー〝ざんげの香〟だよっ。」と喝破した上で、

「嘉鋤は、備後で卑しいことをしてるから、仏様に許しを請うてんだ。」と、曽てそのことが判明した時、お婆々は、

「妾を囲い、半年も家を空ける亭主なんか、わしだったら追ん出してしまうわっ！」

と、激怒したと言う。お婆々は気性も荒いが反面、面倒見も徹底している。

［告示書］が出てからというもの、自分家のことは嫁に任せっ放しで栄屋に入り浸り状態だ。まるで世津子を監視してる風だ。この頃では佐藤技師の面倒見まで買って出る始末だ。これだけは世津子にとってはお邪魔虫だ。お婆々は、嘉鋤の「〝振る舞い〟

に、ごまかされるな。」と言うが、世津子は、お婆々ほどには割り切れない。

夫嘉鋤の行状についてはお婆々の言う通りだが兎に角、栄屋の生活に、有り余る経済を齎している。そのことは忘れてはならないと、いつも思っているのだ。娘の松子だって、

「私が師範学校を目指せるのも、父のお陰だ。」と思ってるのである。

嘉鋤は、世津子の大きな腹には素知らぬ顔で杯を重ねた。

「松子は勉強してるかっ！」

「すっごく頑張ってますよっ。」

嘉鋤の第一声に、世津子は快活に答えた。

嘉鋤は、帰宅以来、世津子の肢体、表情、顔の色艶、などを彼なりに観察してた様だ。

備後で藤原先輩の便りを受け取ってから栄屋の最悪の事態を想像してたらしい……。だから世津子は憔悴し切っているだろうと、えらく心配していた。それが多少の窶《やつ》れは見られるものの、今では取り越し苦労だったと……。そこに世津子が快活に答えたから余程嬉しかっただろう……。嘉鋤は相好を崩しながら徐に懐から札束を取り出し、

「当座の準備に当ててくれっ。」と、世津子に五千円の札束を渡した。世津子はこれ

を拝む様にして受け取ると、仏壇に供えた。これは嘉鋤が帰ってきた時に何時も交わす儀式の様なものだが今度の五千円は大金である。当座の準備には有り余る額だ。この儀式が終わった直後、隣のお婆々がやって来た。

「こんちはっ。」

太い声が玄関先に響いた。お婆々は、全く自分家の様に玄関の敷居を跨ぎ、ずかずかと縁側を上がり嘉鋤と世津子が構える奥の間に入ると、世津子の側に座り嘉鋤と対峙した。お婆々は、久方振りに会う嘉鋤だが顔を見るなり、「おぉー。」と言っただけで、

「いいご身分だねぇー。」と、乗っけから水を差した。

お婆々が座った脇にはお婆々へのお土産が置いてあるが、それには目もくれない。嘉鋤は最初にお婆々にお礼を言うつもりだったが出端を挫かれた格好だ。

「半月遅れだけど、天神様のお祭りをしてあげたいと思って……。」と世津子が言うと、

「天神様が来てくれるかのー。」

お婆々はすかさず、言い訳する世津子と嘉鋤を皮肉った。お婆々は、おとぼけも達者だが内心では、

「世津子の腹のことで有無を言わしゃーせんぞっ！」と構えているらしい。機先を制

するつもりだ。すると、なにを思ったのか嘉鋤の脇に座ってた太郎が床卓の向こうに回り、世津子の身体にもたれかかった。嘉鋤は性急なお婆々の仕掛けにも動じない。杯が進んだ嘉鋤は苦笑しながらも、

「世津子が思ったより元気でほっとしました。お世話になりました。だんだん……。」

殊勝な言葉をお婆々に掛けた。だがお婆々は嘉鋤のお礼にも素知らぬ顔だ。

世津子は、こんなにへり下った嘉鋤の言葉は初めて聞いた……。

お婆々との膠着状態が続く中、嘉鋤は世津子が差し出す杯を重ねていた。

これに、じっと堪えてる風だったお婆々が、

「相変わらずご苦労無しだのー。収入役さんから聞いたかい？」

と嵩に掛かった。世津子はさっきから、お婆々と嘉鋤のやり取りをはらはらしながら見詰めていた。それでも嘉鋤は抑えて世津子のご馳走を食み、杯を傾け、お婆々に、次に世津子にと杯を勧めた。世津子は受けたが、お婆々は、

「今、飯を食ったばっかりだ。いらん！」と、つれない。

嘉鋤が、何を言っても戸板に額を打っ付ける格好だ。お婆々は嘉鋤と妥協するつもりはないらしい。まるで喧嘩を売ってる態度だ。

嘉鋤は帰ってきてこの方、世津子の妊娠のことについては何も言わず自制していたが、流石に、余りに執拗なお婆々の挑発に、だんだん顔が歪んできた。何時の間にか

太郎は、世津子からも離れ、後ずさりしながら奥の間を下がり、外に飛び出す構えになった。

「太郎ちゃん、遠くはだめよ。」と言う世津子の声を背に、脱兎の如く家を飛び出した。

これが引き金になったのか。旦那の嘉鋤は、世津子をじっと見据え、

「腹ん中の子は俺の子じゃねぇーなっ！」と、禁句を吐いてしまった。

さっき、良太郎と交わした〝禁〟を早々に破ったのだ。藤原先輩からの便り以来嘉鋤は彼なりに、この結末についてあれこれ思案してた筈だが、最も無骨で単純な意志表明をしてしまった。

世津子も、いずれこの話は出るだろうと覚悟していたものの、顔は苦渋で歪んだ。これを目撃したお婆々は嘉鋤をぐっと睨みつけ、

「お前さん！　自分のかぁーちゃんに、よくもそげなことを言えたもんだ。」

と怒りを露わにした。益々、お婆々の戦意をそそることになったのである。側にいる世津子は、お婆々の膝を突っ突いて、「止めて。」と、仕草をするが、お婆々は意に介さない。

「言わんこったぁーねぇーや。だから技師の下宿には反対したんだ。」

嘉鋤は終わった筈の下宿騒動まで持ち出して世津子を責めた。—お婆々が怒りまい

こと。―

「そげんことまで言うか、世っつぁんが悩んだことが解らんか、この馬鹿もん！」

〝馬鹿もん！〟は、嘉鋤が世津子によく使う言葉だが、お婆々もこんな荒っぽい言語で応酬した。側に、割って入る人は誰もいない。無制限一本勝負の様相になったのである。

最早行き着くとこまで行くしかない。嘉鋤は、世津子を睨み付けながら尚も、

「世津子！　なんで［告示書］が出たか解っちょるかい！」

と、世津子の弱いところを突いた。これにはお婆々は、怒り心頭に達したらしい！

「なにっ。お前さん、前々から役場筋のことは気にするが、少しゃー世っつぁんの気持ちになってみろ！　家は放ったらかしにして！……」と喝破した。お婆々は口喧嘩も達者だ……。

嘉鋤は痛いところを突かれたから押し黙った。だがお婆々は尚も止めない。

「亭主のくせに、世っつぁんのことを責めるが、そげんこと言えた義理かい！　無理やり連れてきておいて……。」

お婆々は、嘉鋤が世津子を略奪してきた遠い昔のことまで溯って責め立てた。

「ずーっと。家が成り立つことたぁーやっちょるけん……。」

「そげんこたぁー当たり前のことだ。」お婆々が応酬した。嘉鋤が一言、言えばお

婆々は二言、三言、返答返しするのである。側に居る世津子はお婆々の手を握り締め「もう止めて。」と合図するがお婆々は意に介さない。

「備後には、妾と子供がいるそうだが、ほんとかい！　お前さんも忙しいこった。」

お婆々は、あざ笑いながら嘉鋤の恥部を射した。これには流石に、嘉鋤が切れた。

「おりゃー帰るっ。」と、力んで、ふらふらと立ち上がった。その時、世津子が、

「お父さん。」と大声で窘《たしな》めた。それでもお婆々はお構いなしだ。

「帰るっ。どっちが本宅だ！　それも判らんか。馬鹿もん。」

お婆々は今までの思いを総まくりしたいのだ。この誹謗に、流石の嘉鋤も握りこぶしを震わせたが育ての親に手出しは出来ない。そんなことをしたら一巻の終わりだと嘉鋤はぐっと抑えているのだ。

嘉鋤は、よろけながら仏壇に供えてある土産物の一つを取り上げると自室に入って身支度をし終え玄関に向かった。この間、世津子はよろける夫嘉鋤を支えようとするが、その度に、お婆々は世津子の着物の裾を引っ張り、「放っとけ。」と、とめる。

お婆々は完全に夫婦の仲に割って入ってる。

嘉鋤は、変形千鳥足で玄関を出ると、龍太が居る馬屋に足を運んだ。世津子とお婆々も後を追い、玄関先に佇んで嘉鋤の動静を見守っていた。嘉鋤は馬屋から〝龍太〟を連れ出し手綱を柿の木に括りつけると馬具を設え始めた。

嘉鋤はほんとに行く気らしい。馬具を装着し終わった嘉鋤は、「よっこらしょ！」と気合いを入れて龍太に跨がろうとしたが一回目は失敗した。酒のせいかも知れないが、声を出したところをみると、ふたりの気を誘う、「悪ふざけ」の様にもとれるが、お婆々はこんな嘉鋤の行状はとっくに承知のことだ。

「お父さん！　危ないでしょ。」

世津子は身を乗り出すが、お婆々は世津子の手を握り締めまた邪魔をするのだ。嘉鋤は二回目に難無く龍太に跨がった。懲りないお婆々だ……。その様を見て、

「嘉鋤は馬乗りだけは上手いけん。」

背後から聞こえる大きな声で罵倒したのである。目の前でここまで夫を罵倒されると、世津子も堪らない。

「お婆々っ！」世津子は思わず大声を上げ、お婆々への抗議の意志を表した。お婆々に見せた初めての抗議である。

間もなく、嘉鋤は龍太の腹を蹴って栄屋の屋敷を後にした。世津子とお婆々は、嘉鋤の後ろ姿を追った。屋敷伝いの坂道を下り、畑の角地に隠れ、再び二人の視界に入った時には、嘉鋤は本通りを、国境の峠の方向でなく、里の方向に駒を進めていた。二人は、

「嘉鋤は役場に行くんだろう。」と察しが付いた。その時、すかさずお婆々は、

「これでいいんだ……。」

と呟くと世津子を手招きして家に入ろうと誘った。だが、世津子の反応は鈍い。

お婆々は、嘉鋤が帰ってこの方展開した全ての事柄を、「これでよかった。」と自己評価してるが中身は意地悪婆さんの仕打ちである。

いくら世話になってるお婆々でも世津子は容認できない。だからお婆々の手招きにも足取りは重い。さっき世津子が、

「危ないでしょう！」と叫んだのも、以前酒を飲んで乗馬した嘉鋤が龍太の背から滑り落ち、足の骨を折る大怪我をしたことがあったからである。それに嘉鋤が喧嘩別れの形で出て行ったことも気掛かりだ。お婆々も落馬のことは知っていたがあまり心配してない風だ。

「痛いのは、嘉鋤持ちだ。」ぐらいにしか思ってないだろう。そんなことよりお婆々の頭の中は、

「今、世津子と嘉鋤に半端な仲直りをされては困る。わしが画いてる最終決着の邪魔になる。」という思いで一杯だったのである。お婆々は嘉鋤に悪たれを言いながらも自分とも戦っていたのだ……。だが、そんなお婆々の深慮は世津子にはまだ解ってない。

（二十三）

世津子が、〝不義の子〟を宿した時、お婆々は、

「嘉鋤に、因果を含めて自分の子として認知させる……。」

つまりは、栄屋の家庭内の問題として片付ける心算だった。援軍の一人である中屋の良太郎も、その線で始末することを内々に、お婆々に耳打ちしていたのである。

ところが、［告示書］によって事が村中に知れ渡った今となっては、「それは適わぬことだ。」と、お婆々は観念したのである。譬え、それが世津子にとって残酷なものであろうとも昔の人がやった「懺悔の行」は避けられないことだと腹を括ったのである。だから……、

「今は、和解の時ではなく葛藤の時だ。［懺悔の行］によって世間様に贖罪の証しを示し、その上で世津子と嘉鋤の永遠の和解を図る。これが唯一の方途だ。」

とお婆々は昔気質にそう考えたのである。

お婆々の察した通り嘉鋤は役場に、藤原収入役を訪ねたのである。突然の訪問だが藤原先輩は時間を割いてくれた。嘉鋤は［告示書］と便りのお礼を言うと、備後のお

土産と寸志を差し出した。藤原収入役は、

「もう、気遣いは要らんけん。」と強く諭した。

嘉鋤は、黙って下を向いた。それを見た藤原収入役は、

「まぁーあんたの気が収まらんだろうから。だんだん。」と言って受け取ると追っかけ、

「今度は、帰りが早かったねぇー。」と尋ねると、

「いやっ今から備後に行くんです。さっきまで世津子が半月遅れの天神様だと神酒を出すもんで……。」

藤原先輩が聞きもしないのに言い訳を先にした。そんなことは嘉鋤が応接間に入った時に気付いてる。顔は真っ赤だし狭い部屋ではぷんぷんと匂う。藤原収入役は、男の勘で今から備後に行くと言うんじゃー、栄屋で何か、事があったな。と読んだ。

「世津さんは、どうだった。」

「思ってたより元気で安心しました。」

「そりゃーよかった。お婆々がおらっしゃることだし、〝間違いはない〟とは思ってたが、ほんとのこと、[告示書]が出てから心配しちょっただ。」

収入役が本音を漏らすと、嘉鋤は、

「いやぁ、不始末しましてっ。」と身内のことを謝った。話はだんだん核心に迫って

きたが、

「いやいや、そげんことはいいんだよ。これから、あんたが、どげんするかだ。」

収入役は、先輩らしく嘉鋤の行く末に言及したのである。

このことは、役場でも話題になっていた。嘉鋤は頭を垂れ、

「はぁーそげですねぇ、はい。」盛んに頷くが要領を得ない。そんな嘉鋤に痺れを切らした藤原先輩は、「ところでー。」と、詰問し始めた。

「備後の方は、どげんなっちょうかねぇ？」

藤原先輩はこの際、噂の真相を総まくりしたいのだ。この先、栄屋の家状がどんな展開になるにせよ、嘉鋤の女放蕩の問題は解決しておかねばならない。と、藤原先輩は考えている。

「！………」

今まで嘉鋤が、忌避してきた核心問題をいきなり突かれた格好である。嘉鋤は、下を向いたきり口を噤んでしまった。

今度は、嘉鋤が女のことで責められる展開となった。藤原先輩は、下を向いてる嘉鋤の禿げ頭を睨みつけている。暫く沈黙が続いた後嘉鋤は藤原先輩の厳しい視線を感じたのか？　観念した風で。頭を上げると、備後の状況を喋り始めた。

「備後には二人の娘がおりますけん。」と白状すると、

「下の娘が、来春高等科を卒業するんで、それまでは……。」と続けた。

　呆れた話だが下の娘は松子と同い年だったのである。松子たちには姉妹、兄弟には腹違いの姉さんが存在していたのだ。藤原先輩は、初めから「そんなことだろう。」と読んでたから、

「やぁー、持てる男は辛いのー。」

　とからかった。これで気が緩んだのか？　嘉鋤は「いゃー。」と頭を掻きながら盛んに照れ笑いしたのである。暫し、その様を見極めていた藤原先輩が突然、

「他には居らんじゃろうのー。」と詰問した。すると嘉鋤は、

「はぁー、他には子供は居りませんけん。」と、明けすけに答えたのである。ということは子を成した女は居ないが手を付けた女は居る。と表明した様なものである。―案の定―嘉鋤の女放蕩の底は限りなく深かったのである。これを耳にした藤原先輩は呆れ顔を通り越し怒り心頭に発した風だ。兼々、藤原先輩は半ば公知のお妾と二人の子供のことは始末できる問題だと思っていたが、他の女のことが俎上に上がったら収拾が付かなくなると懸念していたのである。藤原先輩は、暫し冷静沈着な態度を示した。嘉鋤は益々恐縮の体である。

　藤原先輩がおもむろに切り出した。

「嘉っちゃん。あんたも還暦が近いわなぁー。老後は誰に見てもらうのっ。」

子供時代の呼び方で極め付けの設問をしたのである。

「！………」

嘉鋤は、「どきっ」とした風だったが声は出さなかった。すかさず藤原先輩が、

「結局、〝死に水〟は、世津さんに取ってもらうんじゃろっ！」と畳み込んだ。

嘉鋤の身体と行状を見立てての話だが、口調は柔らかいが中身はお婆々よりきつい。

人生五十年時代、還暦と言えば高齢である。〝死に水〟を誰に取ってもらうかは、その人にとっては重大事である。ましてや身体の不自由な嘉鋤にとっては尚更のことだ。下を向いた侭の嘉鋤はこっくりと頷くと、

「そりゃぁー、そげん願ってます。」とあっさり肯定したのである。藤原先輩は、

「そうじゃろうー。」と言わんばかりの顔をして嘉鋤の禿げ頭を眺めた。

「ほんのこと、そろそろ身の周りを整理し、身軽になろうと思ってたとこです。今度の正月は向こう（備後）で動きますわっ。」と胸の内を明かしたのである。

さっき、嘉鋤が「おりゃぁー帰る！」と啖呵を切って栄屋を飛び出したが、もともと一時帰宅のつもりだったのだろうか？　そう見るのが自然だ。

藤原先輩は、思い詰めた嘉鋤の話に「うん、うん。」頷いていたがその空気は重苦しいものになった。すると藤原先輩が、

「あぁー、喉が渇いた。お茶でも飲もうや。」

と言い残して部屋を出て行った。間もなく、女の子がお茶を持ってきた。何故か茶碗が三つある。嘉鋤が怪訝な顔をしてると、

「やぁーやぁー、お久し振りですなぁー。」

満面に笑みを湛えた、[告示書] 発布の笹木助役が入ってきた。藤原収入役が案内したのだ。

嘉鋤はびっくり、直ぐ立ち上がり深々と頭を垂れた。

笹木助役の邸宅は、藤原収入役宅より少し上（かみ）の方だが同じ部落である。この部落は助役と収入役に戸籍係を輩出している村の名門部落である。助役の年齢は藤原先輩より二つ上だから嘉鋤にとっては大先輩である。小学校の頃、冬の雪深い日には笹木先輩の先導で学校に行ったものだ、今では役場の偉い人になってるが子供の頃には面倒見のいい旧家のアンチャンだったのである。だから嘉鋤は全く頭が上がらない。嘉鋤は、

「ご迷惑ばっかり掛けましてっ。」

と恐縮の体で急場しのぎの挨拶をした。

「いやいや、まぁーまぁー。」

笹木助役は常用の言語で応えると、立った侭の嘉鋤を座らせ、お茶を勧めた。嘉鋤

は冷や汗を掻きながらお茶を啜った。間を置かず、笹木助役は、

「商売を縮められるそうで？……」

断定的な質問をした。予め藤原収入役が耳打ちしていたのだ……。

「はぁー、備後の方を整理するつもりです。」

「あぁー、お互い歳を取ったけん、もう無理は利かんわね。」

笹木助役は二人の顔を見やった。更に続けて、

「松子ちゃんの師範学校のこともあるしねぇー。」と畳み込んだ。

笹木助役は、敢えて嘉鋤の自尊心をくすぐった。

馬木村は、奥出雲の場末の山村だが、笹森村長が教育熱心で教育村を自認していた。だから松子が師範学校を受験することは単に栄屋の誇りだけでなくその部落は元より村の快事でもあるのだ。藤原先輩はこの機会に、役場での関心の高さを示し、嘉鋤の決断を確かなものにしたかったのだ。この為に笹木助役まで呼んだのである。笹木助役は頃合いを見て、

「まぁー、お互い身体には気をつけましょうやっ。」と、言い残して応接間を退出した。

その間二十分足らず、嘉鋤は一方的に拝聴するだけだった。

「どうもいろいろ気使ってもらって……。」

助役が去ると、直ぐ嘉鋤は謝礼を言った。藤原先輩は笑いながら、

「酔いが醒めたかねぇ。」

「やぁー冷や汗が出ましたけん。」

嘉鋤は盛んに頭を掻いて照れた。藤原先輩はすかさず、

「どげんする？　夕方までここに居て、おれといっしょに帰ろうか……。」と、誘ったが嘉鋤は、

「お婆々と大分やりましたけん……。」と断った。藤原先輩は声を掛けた時から、「どうせ、そんなことだろう。」と読んでいたから、

「ほんなら日が暮れるまでに備後に着く様に出発したらいい。」と目一杯の配慮をしてくれた。

「兎に角、正月の内に備後のことを片付けます。松子が学校に行く前に必ず帰りますけん。」

嘉鋤が力んで応えた。藤原先輩は直ぐ、

「そんなら、あんたの考えを世津さんやお婆々に話しちょいてあげるわっ。」

と助け船を出してくれた。

「そげんしてもらえばありがたいです。」嘉鋤は素直に依頼した。

それから間もなく嘉鋤は龍太に跨がって備後に出立した。

（二十四）

一方、栄屋では嘉鋤の送り方を巡って、世津子とお婆々の確執が続いていた。そこに間合いよく藤原収入役が栄屋を訪れたのである。

「ばんじましてっ（今晩はっ）。」

何時もの気さくな声が軒先に響いた。正に適宜な助け船である。世津子とお婆々のふたりは急いで玄関口を出た。収入役と顔が合うと、お婆々と世津子は、

「何時もお世話になりまして。」

と殆ど同時にお礼の言葉を発していた。世津子は大きなお腹を控え目にしながら収入役が何時も座る次の間の脇の縁側にお茶を持ってきた。

「嘉鋤さんは、役場を出る時にはすっかり酔いが醒めちょうましたわっ。」

収入役は、開口一番、世津子が心配しているだろうと、酒の酔い加減を告げた。

「ありがとうございました。」

世津子はほっとした表情でお礼を言った。

収入役は、続けて役場での嘉鋤とのやり取りや助役さんと話したことまで事細かに

ふたりに説明した。そして最後に、

「嘉鋤さんは来春、松子ちゃんが師範学校に行く前に必ず帰ると言っちょられました。」

と締め括った。

今まで嘉鋤は春が進んで国境の峠の雪が消える四月の初め頃に備後に行ってたから今度はその逆な行動である。初めてのことである。世津子は「夫嘉鋤の強い覚悟だ。」と受け止めたらしく真顔で盛んに頷いていた。ところがお婆々は違う……。

「子供が生まれるというのに、また旦那が居ないんだねぇー、今に始まったことじゃねぇーがっ。」とうそぶいたのである。

お婆々は役場の偉い人の前であろうがお構いなしだ。嘉鋤への皮肉だろうが無軌道な発言だ。世津子にとっても追い打ちだ。これには収入役も絶句した。

「まぁー、世津さん。来春まで待ってあげてよ。身体をいとうてね。」

収入役は、世津子を元気づけて栄屋を後にした。

その日、松子は二時間の補習授業を終え、収入役が訪れる少し前に学校から帰り二階の勉強部屋に籠もった。学校も馬木村も小学校一番の秀才、松子の師範学校合格が至上命題である。馬木小学校の威信が懸かってるから先生たちも必死である。

松子が学校から帰った時には世津子とお婆々は居間でむずかしい顔をして対座して

いた。

側には誰もいない。外で遊んでる弟はともかく肝心の竹子もそこにいない。

—台所にでも籠もって居るんだろうか？—

松子は怪訝な顔で、「お父さんは？」ふたりに詰問した。世津子とお婆々はぎこちなく顔を合わせると、「お父さんは。備後に行ったの。その前に役場に寄ってね。」

「なんで！」松子がふたりに詰め寄った。

予て松子は、生まれてくる子を巡って父と母とのきつい確執があるだろうと心を痛めていた。松子と竹子のふたりは、既にそれが解る年齢に達している。松子には悪い予感が過った。さりとて事態を正す術を知る由もない。松子はそれ以上尋ねず、さっさと二階の勉強部屋に上がった。そこに藤原収入役が訪れたのである。

グッドタイミングだ。松子は密かに喜んだ……。

農家の家屋は開放的な造りだから下の縁側での話は聞こえる。松子はこれにそば耳を立てた。

やがて収入役が引き上げると、これを追っかける様にとんとんと階段を下り世津子とお婆々が居る居間にやって来た。台所に籠もっていた竹子も現れた。松子は堰を切った様に、

「収入役さんは、どげん言っちょられた。お父さんはどげんするの！」

松子はふたりに思いの丈を打っ付けた。松子には何時になく厳しさが漂った。と言うより必死の形相だ……。ふたりは一瞬、びっくりしたが、お婆々が切り出した。

「松っちゃん。お父さんは、松っちゃんが師範学校に入る前に必ず帰るって……。」

と、手柄話でもする様な口調で応えた。続いて母さんの世津子が、

「お父さんは、あんまり商売の手を広げ過ぎたから、この正月は備後で仕事の整理をするそうよ。ねぇーお婆々。」と、快活に応えた。

「そぉー。」松子は初めて笑みを浮かべて頷いた。そしたらお婆々が、

「役場でも松っちゃんの師範学校のことを期待されてるそうよ。」

と自慢気に言って松子の顔を見つめた。松子が、即、

「プレッシャーになるわー。」と呟いて息を飲んだ。するとお婆々が口を尖んがらかして、

「それ！　なんのこと？」

と、惚けた質問を松子に返した。お婆々はほんとうに解ってないのだ。

即座に、母さんの世津子が助け舟を出した。

「〝気が重い〟って言う英語ですよ。」と静かに解説すると、お婆々は、

「やっぱり、松っちゃんは頭がいいんだねぇー。」と芯から感心したのである。松子は、

「皆さんにそんなに期待されると責任が重いわっ。」と、苦笑いした。

松子には外部の期待もさることながら後から続く竹子や弟たちの先鞭を付けなければという強い思いがある。松子の弱気な発言を聞いたお婆々は、

「そげんことか。心配なんか要らんよ。松っちゃんなら上の方で通るよ。」

と声を上げて松子を激励したのである。

「うん。お婆々や皆さんに心配かけてるから頑張るわっ。」と応えると、お婆々が、

「松っちゃんは、いい子だねぇー。世津さんよかったねぇー。」

今更の様に感心したものだから、世津子や松子や側に居た竹子までが顔を見合わせて照れ笑いしたのである。お婆々の正直な気持ちは解るが、ここまで詰めるのは、嘉鋤を送り出してから気まずい空気が流れてる世津子との間を和らげたい気持ちがありありだ。

このやり取りを直視していた松子はすっかり安堵の表情になった。

家族の幹部会談が終わった頃、どやどやと弟たちが遊びから帰ってきた。

父さんの嘉鋤がそこに居ないから騒ぎ出した。長男の茂介が怪訝な顔で、

「父さんは？」と尋ねると、世津子はさりげなく、

「また備後に行ったの。」と答えた。すると堰を切った様に、

「なんで、なんで。」

「どげんしたの。」

みんな揃って同じ質問を浴びせた。太郎などは半べそでわめいた。

堪り兼ねた松子が、

「なんですか。男子でしょう。」と一喝した。怖い姉ちゃんの一喝でその場は収まったが余韻は残ってる。これを見たお婆々が、

「ちょっと帰って、来るけん……。」と言い残し、自分家に帰って行った。

「……来るけん……。」は後で夕飯を食べに来ると言う合図である。この頃お婆々は気まぐれに栄屋のみんなと夕飯を共にすることがある。今晩はその時だとお婆々は思ったらしい。

やがてお婆々が、

「さぁーさぁー。食べて、食べて。」

と言いながら子供たちが大好きな［矢鱈《やたら》味噌］をお椀一杯持って、みんなが居る台所に入ってきた。［矢鱈味噌］は大きな壷の中に、田舎味噌に適当量の〝こうじ〟を仕込んで発酵させた泥状の基汁の中に、春採れたわらび、ぜんまい、などの山菜と胡瓜、茄子、うり、などの野菜を細かく刻んで入れ少し芥子を効かせた保存食である。これを熱いご飯にかけて食べると、他には何も要らないほどだ。これはお婆々の秘伝の仕込みだから栄屋にはない。

子供たちは競って食べた。何時でもお婆々の食い量は少ないから下屋敷の持ち出しが多い。この前などは嫁が拾ってきたものだ。と、ひと鉢の栗ご飯を持ってきた。この時は、

「わしが説明するから。」と、佐藤への夕飯を支度したのである。

世津子は、身重になっても佐藤への食事の支度は自分の仕事だと決めてるからお婆々の手出しはお邪魔虫だが、お婆々は佐藤への食事の支度をそろそろ世津子から取り上げようとしているのだ。なにより手摺りのない離れの階段を上り下りするのは身重な世津子に危険だと心を砕いている。昔、妊娠した若嫁が階段から転げ落ちて流産した悲話をお婆々はいくらも知っている。だから世津子にも命令的だ。世津子は臨月が近づき益々身重になってきた。

そんな時、

「ご馳走様でした。」突然、佐藤が食べ終わったお膳を母屋に持ってきた。

「これから食事は自分で運びますから台所に置いといて下さいっ。」と世津子に申し出たのである。世津子はお婆々の差し金だと察しが付いたが素直に受けた。

栄屋がいよいよ臨戦態勢に入ったのである。

（二十五）

師走に入ると、野良仕事は大方終わる。栄屋では今年の冬は馬の龍太が居ないから馬草は春先の分だけ準備しておけばいい、人手を頼むほどのことはない。だから世津子は取り立てて野良仕事もない。この地の女衆はみんな働き者だ。臨月に掛かってもよく働く。

大きなお腹を抱えて野良に出るのだ。陣痛が来れば、村に一人いる産婆さんが自転車で跳んで来る。雪が降れば、馬橇《ばそり》で駆けつける。それに姑や近所のおばさんも手伝う。

全て互助で賄うのだ。ただ「産後の七十日は大事にしなきゃー。」と、どこの家でもこれは守る。古風な土地でもこれは案外理屈に合ってる行為だ。

大雪に埋もれてしまうこの地方では冬を越す様々な準備がある。所謂、冬籠もり支度だ。

農作業で汚れた家の大掃除。燃料用の薪、木炭の備蓄。正月用の餅つき、等々だ……。これには雪が降るまでを逆算した段取りがあり、なかなか忙しい……。

栄屋では松子の受験。不義の子の誕生。の二つの関門が待って居る……。時恰も師走の中頃、第一の関門である松子の受験が訪れた。

その前々日の午前、栄屋では祈願のお餅を搗き、神棚と仏壇に供え、世津子とお婆々、松子、妹の竹子は揃って部落の神社に願かけ詣でをした。多分、松子が入学する時には近所の人達は、のぼり太鼓で見送るだろうが流石に受験の時は身内だけの祝事である。

松子は願かけ詣でから帰ると午後一番、新調の制服で身を正し、周到に準備していた筆記用具や参考書、身の周りのものを詰め込んだ鞄、宿先への土産物を持って師範学校がある松江に向かった。松子は、

「頑張ってねぇー。」

「おねぇーちゃん、頑張って。」

世津子、お婆々、竹子や弟たちの声援を背に颯爽と出立した。

宿は、世津子の伯母の家で松子が子供の頃には何回も訪ねたことがある落ち着ける宿である。受験生には最適な宿だ。予め世津子が依願しておいた。

伯母の家でも山村の秀才、松子を心待ちにしていた。伯母は松子を迎えるなり喜色満面で、「昨日、天神様に願かけをしておいたけん。」と、松子を奮い立たせた。

松子は、松江に向かう汽車の中でも伯母の家でも〝高ぶる気持ち〟を抑え切れな

かった。

気丈な松子にも大きなプレッシャーだったのだ。—案の定— 試験を終えて栄屋に帰ってきた松子は周りの意に反し、いきなり「得意の音楽で失敗したの。」と悔し涙を流したのである。

満面の笑みを期待していた世津子とお婆々は啞然とした。其処に駆けつけた佐藤は涙が止まらない松子を見ると、委細構わず質問を浴びせた。泣き顔の松子は、

「筆記試験はみんな出来たけど、声楽試験で発声のタイミングを間違え、やり直したの。それで落ちたの。」と自分で決めつけている。続けて、

「あがっていたのねぇー。」と自嘲しながら頭を垂れ溢れる涙を床に落とした。松子の思い込みである。聞き終えた佐藤は間髪を入れず、

「そんなことは問題ない。松っちゃん大丈夫だよ。」

と断定したのである。高専卒で受験の大先輩である佐藤の確かな言明に、松子は一瞬〝ほっと〟した表情を見せた。松子の苦悩は結果的に取り越し苦労だった。翌年の二月初め、佐藤の予言通り、松子は目出度く女子師範学校の「合格通知」を受けとったのである。

（二十六）

師走は瞬く間に過ぎ去り、新しい年がやって来た。この頃、佐藤の食事の支度はお婆々と松子、竹子が交代交代でやっている。世津子が、離れに上がることをお婆々が禁止したのである。松子は受験の重圧から解放されてか以前にも増して快活に働いた。

今年は栄屋では家長が居ない初めての正月だが、お婆々も入り浸りだし佐藤も三ケ日まで休みだから子供たちも淋しいことはない。お年玉も世津子が支度しているし佐藤も準備している。それに嘉鋤からは頻繁に連絡がある。藤原先輩に電話して様子伺いをしている。あれやこれや騒々しい。

藤原先輩にとっては煩わしいことだが、この頃では、

「嘉鋤っさんも気が弱くなったなぁー。」と、ぼやきながらも、

「里心付くのはいいことだ。」

嘉鋤の甘えを受け入れていた。その度に、世津子は恐縮の体だ。藤原先輩は、

「この間も、松っちゃんの試験のことが気掛かりだと、電話があったが、心配するな

と、一喝しておいたけん。」

と、世津子に告げたのである。藤原先輩は、松子が一時受験を失敗したと悄気たことなど知らないから弱気な父さんの嘉鋤に発破を掛けておいたと意気がっていた。

この時代、村では雪深い旧暦による正月が本番だ。役所筋の行事は新暦で行うが、全て屋内に籠もり、お餅を食べて休眠を貪る営みには旧正月の方が適しているのである。

だから新旧混交時代が永らく続いた。

世津子はお産の準備で忙しくなってきた。赤子に着せる着物の支度もあるが古着を解いて襁褓《おしめ》作りが一仕事だ。それでも野良仕事がないからこれに専念出来る。

この地では、野良仕事が途絶える雪深い時期に生まれる子は孝行者だと持て囃される。その砌《みぎり》では、栄屋に生まれ来る不義の子は孝行者である。

新正月の中頃になると世津子の容態は臨月に掛かってきたが極めて壮健だ！

全てのことに覚悟を決めた女は逞しい。だが世津子の行く手には厳しい試練が待っている。

このことでは世津子の心は揺れ動いていた。本音は出来ることなら危険な賭けである「懺悔の行」は避けたいと思っていた。しかし今となっては適わぬことだ。今までお婆々と、はっきり約束した覚えもないし自分から意志を示したこともないが、「懺悔の行」は、昔から不義の子を生んだ母親が例外なく行ってきた「行」である。何時だったかお婆々が吐いたきつい言葉は明らかに、〝行〟を促すものだった。最早、世津子はこれはお婆々との固い契約だと思うまでになった。何よりもそれが、「世間様に対する自戒の証しだ。」と世津子は自らに言い聞かせていたのである。

（二十七）

雪深い山野の中に埋もれて時の流れが止まってしまったかの様な正月の営みの中でも時は流れ、節目に訪れる正月の祝事が新年の活気を呼び起こしてくれる。そんな中、最も雪深い旧暦の正月十五日、世津子は元気な男児を出産した。重たい運命を背負った子の誕生である。

世津子にとっては七回目の出産のせいか極めて安産だった。

母子ともども全く健康だ。松子が師範学校の合格通知を受け取った一週間後のことだった。

出産時には村の産婆さんが子を取り上げたが付き添ったお婆々は産婆さんが帰った後も遅くまで見守った。だが元気な世津子は翌朝から台所に立った。赤子には潤沢な母乳を与えている。出産翌日から普通の生活だ。全く！　堪り兼ねた松子が、「おかあーさん、無茶しないで、私たちがやるからっ。」と諫めるが、お母さんの世津子は「なに、なに、これしきのこと。」と取り合わない。

流石のお婆々も世津子の気丈さには呆れ反るばかりだ。出産の数ではお婆々より上だから。丁度、倍を超えた。松子や竹子は控え目だが、弟たちは代わる代わる赤子を抱き上げあやし捲った。「これ、これ。」と言う世津子の諫めも聞かない。ことに下の太郎のはしゃぎ振りは乱暴だ。苛められる弟が出現したことに歓喜してるのだ。

とにかく栄屋には二つの慶事が一遍に訪れたのである。早速、藤原先輩が松子が師範学校に合格したことや世津子が男児を出産したことなどを電話で嘉鋤に連絡してくれた。

世津子は、生まれた子に、予め心にしまっていた〝幸作〟と命名した。今回も嘉鋤に相談する暇もなかった。世津子は筆が執れる様になると、早速、旦那の嘉鋤に近況を知らせる長文の便りをした。世津子には表向きの姿とは裏腹に葛藤があったのだ。「松子が師範学校の入学試験に合格したのでほっとした。みんなで心ばかりのお祝いをした。生まれた子には、〝幸せを作る子〟にと願って〝幸作〟と名付けました。出産に当たってはお婆々には一方ならぬお世話になりました。子供たちも何かと気遣ってくれました。松子や竹子は、もう立派な大人です。男の子たちもいい子に育ちました。難儀をすると、つくづくそう思えてなりません。」世津子はしんみり調で、栄屋に訪れた慶事とそれを巡る環境の変化について事細かに綴った。この中で世津子と幸作の運命についても触れたのである。

恐らく世津子が夫嘉鋤に宛てた初めての手紙ではなかったか……。執筆中、世津子は逡巡することもあったが結局、厳しい表現に終始した。最後には［懺悔の行］を示唆し、「これが最後になるかも知れない……。」と、衝撃的な文言も入れたのである。

―案の定―　直ちに嘉鋤から反応があった。

栄屋の状況を深く憂慮した電話が藤原先輩に掛かってきた。世津子の手紙が効き過ぎた所為だが筆不精な嘉鋤は栄屋の秘め事まで明けすけに先輩に頼んだのである。「松っちゃんにおめでとう。世津さんには自分の身を大事に、くれぐれも軽はずみな行動はしない様に。」と……。

藤原先輩が電話で受けた伝言は、概ねこの様なものだった。嘉鋤の慌て振りが手に取る様だ。

この頃、山野は深い雪に覆われ身動きが取れない。出雲と備後の国境の峠には一間を超える雪がある。藤原先輩の伝言はお婆々も聞いていたが一瞬顔を顰《しか》めた。世津子も恥じらいと照れが交錯した複雑な表情をして下を向いた。

藤原先輩は、出来るだけ平静に話をしていたが、やがて栄屋で起こるだろう〝災厄〟を予感したのか（?）。世津子は〝全く〟と、嘉鋤の明けすけな伝言に腹立たしい思いだが、一方では、「これで［懺悔の行］に身を投ずる決断が固まった。」と、さばさばした気分になったのである。

［懺悔の行］は、昔からこの地に伝わる戒律的な風習である。「不義の子と母親に課す行」で、生まれてひと月と経たない乳飲み子を［山野に捨てる行］である。

概ね、不義の子を宿した母親が、夫や家族に責められ、世間の白い目に苛《さいな》まれ自暴自棄に走って決行する場合が本流だが周りの勧めがあって行うこともあった。

世津子の場合は両々相俟ってというのが真実だろう。

男女が天啓に遭遇し秘め事を繰り返す内に〝不義の子〟を宿す。それを確認した瞬間から女の苦悩が始まるのである。世津子は幸せな方だ！　その時、世津子はお婆々に涙ながらに思いの丈を吐露し、〝了解〟のお墨付きを獲得したのである。その瞬間からお婆々にも自責を分担して貰ったのである。だからこの一年、恋人佐藤富雄との愛を育んでこられたのである。

これは全く幸運なことだった。

幸作が誕生してから数日後の吉日、お婆々は佐藤技師を伴って世津子の居室を訪ねた。

お婆々が真実の親子の対面を設定したのである。この時、お婆々は幸作が栄屋の嫡男であることを力強く佐藤技師に宣告した。後々のことを考えたお婆々の手堅い策謀である。

「それは解っております。」佐藤はしっかりお婆々に応えた。

世津子は居室で待っていた。初めて世津子の部屋に踏み入れた佐藤は世津子と視線が合うと、

「世津さん、ご苦労様でした。」

佐藤はぎこちなく精一杯の声をかけた。

「ありがとう。ご心配掛けました。だんだん……。」

世津子は、恥じらいながら、なよなよしく答えた。

佐藤は次の言葉もなく、すやすやと眠ってる幸作の顔を愛し気に見詰めていた。

これが我が子〝幸作〟に会う最後の機会となったのである。お婆々がこれを演出したのだ。

（二十八）

お婆々の演出から一週間ぐらい経ったころ全くこれと符合するかの様に土木技師佐

藤富雄は惜別の情、滅し難い栄屋を去ることになったのである。

役場が手を回したのか。会社の意向なのか。本人の意志なのか。突然の事だった。

その日、佐藤は、

「今日は遅くなりますから、夕食の支度はいいですから……。」と、世津子に告げた。

世津子は、産後も厭わず早々と佐藤の世話に復帰していた。佐藤は続けて、

「なんだか？　どうも人事異動の事らしい……。」

佐藤は曰くあり気に言い残して栄屋を出た。世津子は不吉な予感がした。

「？………」

その夜、世津子は佐藤の居室で待っていた。農家では遅い午後十時過ぎ、ほろ酔い加減の佐藤が帰ってきた。居室に居た世津子と顔が合うと一瞬びっくり顔をしたが、

「身体に障りませんか。」と気遣った。

「もう大丈夫です。それよりどんな話でした。」

「うん、本社から人事担当の重役が来ていてねぇ。」

「！………」

「貴君、今度次長として、この事業全体を補佐してくれ。と、いきなり言い渡されたんです。」

「それはおめでとうございます。何時からですか。」

「明後日からです。だから明日の夕方、反保の事業所に引っ越さないといけません。」

「随分、急な話ですねぇー。」

「僕らの人事異動なんてそんなもんですよ。」

少し酔いが醒めたのだろう。佐藤は世津子を凝視しながら、

「随分、お世話になりましたねぇー。」と頭を下げた。なんだか他人行儀だ。

昇格の歓びより寂しさの漂いが大きく見えた。

「やだぁー、〝幸作〟も居ることだし、時々顔を見せて下さいっ。」

「うん、そうしますよ。馬木には居ることだし。」何だか佐藤の歯切れが悪い。

「松子の師範学校も見届けて下さいね。」

世津子はここまで言うと、堪り兼ねた様に佐藤ににじり寄り熱い口付けをした。

翌日、世津子は佐藤の居室に入り浸り、身の回りのものを荷造りした。荷は佐藤が来た時より増えた訳ではない。洋服、下着、本、洗面用具などをトランクに詰めたり風呂敷に包んだりする。それだけのことである。造作ないことだが世津子は丹念に時間を掛けて居た。

その夕方、栄屋に来た時と同じ様に雪の中を戸谷がダットサンで佐藤を迎えに来た。佐藤と戸谷のふたりは二階の居室から事務机をそろりと下ろし、車の荷台に積んだ。

作業自転車も載せた。続いて世津子が、風呂敷包みを、松子がトランクを持って二階から下りてきた。これを荷台に載せて終わりだ。ものの三十分の手間である。

「これで終わりですか。松っちゃん、ありがとう、だんだん。掃除が残ったがよろしくね。」

佐藤は、特に松子を見つめながら声を掛けた。松子は「カックン。」と頷いた。

「どうも……。」

戸谷は、そこに居るみんなに会釈すると、車の運転席に乗った。戸谷に釣られて車に乗った佐藤が、ハッと振り返ると玄関に幸作を抱いた世津子を挟んで子供たち全員が整列していたのである。その列の右端にはお婆々も立っていた。佐藤は急いで車から降り、まずお婆々の前に進むと、

「お世話になりました。」深々と頭を下げた。これにお婆々は、

「いやいや、偉くなって下さいっ。」と殊勝な言葉を返した。佐藤はお婆々の側に立ってる松子から次々に別れの言葉をかけた。

「松っちゃん、勉強していい先生になるんだよ。」

「ハイ。」

「竹ちゃんも後に続くんだよ。これからは姉ちゃんに代わって隊長だよ。」

「うん。」

実は竹子も来春、里の女学校に行くことになっているのだ。

「茂ちゃん、与っちゃん、末ちゃん、勉強して姉ちゃんたちに続くんだよ。おかぁーさんの手伝いもねっ。」

佐藤は次々に子供たちの頭に手をやった。最後に太郎の前で歩を止め、

「甘えん坊はもうおしまいだね。」

太郎の頭を撫で撫でした。まるで出征兵士が家族と別れを惜しむ図である。

みんな笑い泣きしている。佐藤は格好よく気丈に振る舞っているが流石に目は潤んでる。

そろそろ、お仕舞いだ。戸谷からの合図があるかも……。

佐藤は、世津子の前に立ち熱い瞳を交わすと、幸作の顎下に人差し指を入れ何度も何度も〝よしよし〟を重ねた。

「また来て下さいねぇ。」

世津子はみんなの前も憚らず、佐藤に念押しした。

「あぁー、そうしますよっ。」

あぁーあ。これで栄屋とは全てが終わった。

「さいならっ。元気で。だんだん、だんだん。」

佐藤技師は、そこを動こうとしないみんなに大声を掛けると踵を返して戸谷が待っ

てるダットサンに再び飛び乗った。戸谷が運転する車はややダッシュ気味に出立した。

お婆々とみんなはダットサンが本通りの遥か彼方に消え去るまで見送った。お婆々は顎を突き出して見届けると、

「あぁーあ、行っちゃったねぇー。」と言ってみんなを振り返った。

お婆々の眼に入ったのは零れ落ちる涙を拭う世津子の姿だった。

「みんな寂しくなるねぇー。」

まるで空に打つ空砲の様なお婆々の声がみんなに向かっていた。

この後、佐藤次長は栄屋とは全く消息を断った。佐藤が移った宿は下区にある事業所の付帯棟である。部屋は三つあるが所長を含めた五人の共同生活である。まるで飯場の様だが、昼間だけ賄いのおばさんが来て夕食の支度と風呂を沸かしてくれる。これが飯場よりマシだ。家庭の温もりを享受した栄屋の生活とは雲泥の差だ。毎晩酒を飲んで、深夜までジャン卓を囲む不健康な生活に戻ったのである。

栄屋を出てから、そんなに時が経ってなかったが、何処からともなく噂話が広がった。

「佐藤次長が馬木村を去ったらしい。」という噂である。馬木村に赴任して一年余に過ぎない。

河川改修事業は緒に付いたばかりだ。延々と続くだろう事業には佐藤技師の力量が要る筈である。栄屋の世津子や子供たちお婆々はもとより村人や川の土木従事者から愛された佐藤技師は、その誰からも見届けられることなく寂しく馬木村を去ったのである。

今から思うと、佐藤主任技師の次長への昇格は馬木村を出奔する為の舞台回しだったのか。

最後は、まるで〝かげろう〟の如く儚い結末だった。

しかしその余韻は、強く大きく、広がっていた。

（二十九）

永遠に続くかと訝《いぶか》りたくなるほど雪深い旧正月も新暦の三月に入ると降雪も凪いでくる。一週間置きに、三日三晩降り続く大雪は無くなる。早春の太陽が雪面を、燦々と照らす日が訪れるのである。こうなると雪解けは速い。

谷川や田園の用水溝の両岸に競り出した雪庇《せっぴ》が溶けて、ポタポタと流れに落ちる。これが日を追って速くなるのである。田園の地肌に接した雪は地熱で溶けて地中に染み、太陽熱を真面に受ける表の雪は蒸気となって天空に去る。こうして最盛期には一間を超えた積雪も瞬く間に低くなりやがて田園の其処かしこに地肌が現れる。これがだんだん広がっていくのである。三月も半ばを過ぎると、盆地一帯、日蔭を残して雪は大方消える。

このことが翻って新しい年の農作業の到来を予告するのである。だが、この頃になっても連山の尾根伝いには残雪が棚引いている。備後から向かう嘉鋤が帰国の際に通らなければならない国境の峠には未だ二～三尺の残雪があるだろう。これを突破するのは馬脚でも困難だ。

例年ここの雪が消えるのは四月の半ばを待たねばならない。まだ先のことだと世津子とお婆々は経験から峠の残雪は想像が付く、嘉鋤の帰りは早くとも四月の初めだろうと踏んでいた。

そんなところに、突然、「三月の二十八日の夕方に帰る。」と、嘉鋤からの連絡が栄屋に入った。もとより何時もの藤原先輩への電話連絡である。そこにはお婆々も居た。世津子は嘉鋤に、「松子が師範学校に入学するのは四月十日だ。」と便りしておいたからその前には必ず帰るだろうと読んでいたが予想より早い。世津子もお婆々も、峠の残雪との戦いを覚悟した嘉鋤の決死の行動だと解った。〝行〟の決行は、その日に決めた。世津子とお婆々が練り上げた阿吽の呼吸である。この日が嘉鋤に最後の決断を迫る日になったのである。もとよりお婆々の、「世津子と嘉鋤の世間様への贖罪と、ふたりの永遠の和解。」を企図した深慮遠謀ではあるが、栄屋にとっては危急存亡の時となったのである。

三月に入ると世津子は松子に頼んで、その日の為の準備を進めていた。世津子が身に纏う白装束。幸作に着せる産着、綿帽子、毛糸の手袋と靴下、哺乳瓶、大きなロウソクなどである。いずれも乳飲み子の幸作には不要な物ばかりだ。溢れるほどの母乳があるのに、哺乳瓶は全く不要だ。松子はこれを買い求める様、用命されたのである。

松子は「これは何で？」問い質したかったが世津子の厳命に何も言わず母に従った。今まで松子は、世津子は元よりお婆々からも［懺悔の行］について何も聞いてなかったが何時だか世津子とお婆々が小声で交わすやり取りを耳にしたことがある。それに近頃、母がひとりで沈思黙考してる姿を見かけることが多くなったことに気を揉んでいた。

松子も竹子も小学校高等科になっているから昔から伝わる［懺悔の行］という土地の風習は知識として知っていたが、まさか我が家で起ころうとは夢にも思わなかった。その日が来るのがとても怖かった。だから誰かに助けを求めたい気持ちだが肝心のお婆々が窮状を作った張本人であることは薄々気づいている。

兄弟でも長男の茂介あたりまでは、それが解るらしい？　世津子は心ならずも［行］の苦悩を子供たちにも分与していたのである。

その日の夕方、世津子は奥の部屋に籠もり、［行］の支度を始めた。松子が買ってきた装束を幸作に着せると、用意した竹籠の中に座布団を敷き、分厚い産着で包んだ幸作をそっと据えた。籠の取っ手に、腰紐で拠った担ぎ縄を括り付け準備を整えた。それから自身もお遍路の白装束に着替えた。これを垣間見た松子が奥の間に行く仕草をすると、その度に世津子は手の甲を振り、「近づくな！」という合図を繰り返すのである。

やがて身支度を終えた世津子は、暫し沈思黙考していた。松子が目にした母は最早遠い黄泉の国に旅立つ人の様に映った。何時の間にか今まで近くに居たお婆々の姿も消えていた。

竹子や弟たちはみんな薄暗い台所に身を潜めている。世津子はその隙を突いて〝幸作〟を寝かせた籠を担いで栄屋を出て行った。世津子が目指したのは栄屋から二丁にも満たない谷川の橋の下らしい。松子が、出立した母の足取りの方向で感じ取った。そこまで行くのに大人の足ではさほど遠くはないが、栄屋の屋敷裏を抜けると両側から藪が迫り出した狭い三十間ほどの山道がある。そこは風洞になっており裏山から吹き下ろす風が人足を阻む。

更に先方右手奥には下屋敷の墓があり日が沈むと俄に暗くなるうら寂しい山道である。それだけに距離の割には遠さを実感する。

世津子は籠を担いでその道をひた走った。やがて世津子は目指す谷川の橋に辿り着いた。

一息入れると、世津子は足元を確かめながら橋の下に下り僅かに露出してる砂場に幸作の籠ベッドを設えた。陽光を遮る橋の真下には未だ残雪があり〝ひんやり〟とする。

世津子は大きなロウソクにマッチで火を点けコップの中に立てた。それが終わると、お乳を一杯入れた哺乳瓶を斜めに設え、乳首を幸作の唇にそっと乗せた。この様を他人に見られたら「行の戒律」に触れることになる。世津子はこれらを素早く終えると思わず、

「幸ちゃん。さよならっ！」

すやすやと眠っている〝幸ちゃん〟に別れの言葉を掛けた。この瞬間から〝幸作〟は、天の神に献上されたのである。これから全てが天運である。直ちに召されることだってあるのだ。

世津子は別れを告げると、踵を返しさっき来た道をひた走った。この姿を誰からも見られてはいけない。振り返ることも〝行〟のご法度である。でもそれらを示した書

き物などどこにもない。

　これは昔からの厳しい「言い伝え」である。それに従わなければならない。

　ひた走る世津子の目からは大粒の涙が溢れ落ち顔や着物の襟元を濡らした。栄屋に辿り着いた世津子は無言で玄関を入ると、薄暗い奥の間に進み床の間の前に鎮座した。

　この気配に気付いた松子が襖を開けて奥の間を覗くと白装束の母がブルブルと震えていた。松子はこの様を見て驚愕した。

　世津子は〝行〟の時間など、お婆々と細やかなやり取りはしなかった。言葉を交わすことは神の意に反することである。最早サイコロは振られたのである。後はお婆々が、

「神の使い」

　として〝幸作〟を救護してくれることを祈るばかりである。世津子は栄屋を出立する直前までお婆々と一緒だった。これがせめてもの心の支えだがそれも遠い昔の様に思えてならない。

　その昔、〝行〟を享受した赤子が野犬に咬まれて死んだこともあった。それを追って若嫁が自害したという悲話も伝わっている。その一方では三日も経ってから山手の〝はで木小屋〟から救出されたという幸運もあった。それは経過の長短ではなくまし

てや人の情など入る余地はない。全ては神の思し召しによることである。

この山村では雪解け時は狸やイタチなど山の獣が活動し始める危険な時節である。それを知ってる世津子にとっては、あまりにも苛酷な時である。もとより誰よりもよく判っているお婆々は、〝行〟の勧めは身を切るほど辛いことだった。奥の間の世津子は、座禅を組み、両手を合わせ、仏壇に向かって行者の祈禱を奏上している。

四方を山に囲まれた盆地は、夕陽が西の山に沈むと途端に辺りは暮色に包まれる。世津子が祈りを続けてる奥の間は暗く白装束だけが不気味に浮かび上がっていた。

そんな時、屋主の嘉鋤が備後から帰ってきた。何時もの様に屋敷の正面で龍太が断き帰宅を知らせた。と、台所に潜んでいた松子が玄関を飛び出してきた。竹子や弟たちは台所に潜んだ侭である。松子は馬上の父嘉鋤と顔が合うと、どっと落涙した。

「お帰りなさい。」

「お母さんは。」

松子は泣きながら奥の間の方向を指さした。その瞬間、嘉鋤は頭の天辺から血が沈み恐怖感が身を襲ったのである。正に栄屋に襲来した災厄を実感したのである。

夕暮れの速さを知ってる嘉鋤は陽が落ちるまでには家に着くつもりで備後を出立したが、案の定、国境の峠の残雪が大きくここの脱出に手間取ったのだ。

嘉鋤は備後を出発する時、夕暮れまでには帰還し世津子の〝行〟を阻止する覚悟だったが、結局間に合わなかった。

もっとも間に合ったとしても世津子の決断を覆すことは叶わなかっただろう。

嘉鋤は急ぎ家の中に入ると、旅装束も解かず電灯も点いてない奥の間に入った。

そこには、世津子の不気味な呪文が響いていた。世津子の所在は、白装束の塊で微かに確認できるだけであった。

「ただいまっ。」

嘉鋤は、暗がりの中の世津子に帰宅の言葉を掛けたが応答がない……。

南無妙法蓮華経。

南無妙法蓮華経。

南無妙法蓮華経。

嘉鋤が確認した世津子の呪文は、日蓮宗のお経だった。

—日蓮宗は栄屋伝来の宗派である。—

嘉鋤が、手探りで上の電灯を点けると、世津子は両手を合わせ仏壇に向かってお経を奏上している。その姿は、とても現世の人間とは思えない不気味な光彩を放っていた。

嘉鋤は次の言葉も出なかった。暫し沈黙が続いた後、嘉鋤は意を決して、

「幸作は！」

と、強く世津子に問うた。これにも返答がない。嘉鋤は旅装束の侭、世津子から離れた所に座り、力なく成り行きを見守るだけだった。気強い松子も泣きべそをかきながら何時も母がやってる様に、龍太を馬屋に入れ水と馬草をたっぷり与えて母屋に帰ってきた。松子は奥の間には行かず、竹子や弟たちが身を潜めてる台所に入った。みんな未だ夕餉にありついてない。

誰も動こうとしない。森羅万象が暗黒の底に沈殿していくかの様な重苦しい空気が母屋全体を覆った。全てはこの呪縛の中に身を委ねるしかない。誰もここから脱出する術を知らない。

橋の下の〝幸ちゃん〟へ

一、幸ちゃん　さよなら　母の声
寒いね　寒かろう　橋の下
ひんやりするね　まだ雪がある
眠るがいいなら　それでいい
夢でいいから　お乳を飲んで

二、幸ちゃん　さよなら　母の声
かぁーさん　泣いてる　声出して
なみだ流して　さびしい道を
振り向けなくて　悲しくて
夢でいいから　応えてあげて

三、幸ちゃん　寒かろう　橋の下
お婆々が　見ている　睨んでる
タヌキもイタチも　すくんでる
揺り籠囃し　帰り道
みんなが待ってる　きっと帰って

みんなの祈りが神様に通じたのだろうか。この窮状が頂点に達した頃、神の使者がやって来た。

隣りのお婆々だ！　世津子が幸作を神に献上してから一時《いっとき》半余のことである。

「今晩はっ。」

　お婆々の太い声が玄関先に響いた。だが、その声は息が上がっていた。その時、台所に居た松子は咄嗟に格子戸を開け、お婆々が抱いてる幸作を確認した。

　お婆々は玄関口にしゃがみ込み敷居を跨げない。それを見た嘉鋤が立ち上がろうとした。すると世津子が手を伸ばして嘉鋤の装束の裾を掴み制止したのである。嘉鋤が帰ってきてこの方、初めて見せた世津子の真面な行動である。

　一時《いっとき》前、お婆々は自分家の夕餉を済ませると、柱時計の針に目をやりながら家の者を欺いて、幸作を探しに家を出たのだ。早春の夜は未だ肌寒い。

　お婆々は、綿入りのチャンチャンコを纏い厚手の手拭いを姉さ被りし、手には足元を照らすカンテラをぶら下げて勝手口の敷居をそっと跨いだ。得意の隠密行動だがこの出立ちでは家族の誰かに気付かれただろう……。

　お婆々は、屋敷を後にした時、〝もしや〟と思ったのか、一瞬足を止めると方向転換し屋敷伝いに広がる棚田の突端に向かった。崖下にある自分家の〝はで木小屋〟が目当てらしい……。

　小屋は、栄屋から半丁の所にある。昼間なら佐藤技師の居室の直ぐ下に見える近さだが、勝手知ったるお婆々でも足元を確かめながらの畦道は容易ではなかった。ようやく棚田の端に着くとお婆々は、たたらを踏む様に崖下の〝はで木小屋〟に下り、僅かな段地に足を据えて佇むと一息飲んだ。息を整えたお婆々は、おもむろに横長の小屋に積んである〝はで木〟の上をカンテラで照らしながら丹念に見て歩いたが幸作の姿は何処にも見当たらない。

咄嗟に、お婆々は、

「世っちゃんの馬鹿、ばか、ばか。」

と、大声で連呼した。その声は大きく夜空に木霊した。—悪い予感が的中したのだ。—

「橋だ！　橋の下だ！」

お婆々は更に喚声を上げると、踵を返して崖を這い上がり、山手の谷川に向かってカンテラ振り振り夜道を跳んだ。天空に上がったお月様の明かりも夜目に慣れたお婆々の行く手を照らした。目指す谷川への山道は栄屋と下屋敷の裏手で合流してる。お婆々は、〝もしや〟と、思って、自分家の水車小屋を覗いて見た。そこにも幸作は居ない。

お婆々は、いよいよ慌てた。次々に目算は外れた。だが気丈なお婆々は、世津子が走った山道を急いだ。息切れしそうだ。

自分家の墓がある狭間を通り抜けると、谷川の橋が見えてくる。お婆々が確かな見当で、橋の下に目を凝らすと、うっすらと明かりが目に入った。お婆々は咄嗟に、

「あっ、幸ちゃんだ。」と叫び、二十間ほどの山道をひた走った。―足取りは軽快だ。―

橋に辿り着くとお婆々は、高鳴る鼓動を抑えながら橋の下に下りた。幸作が居た。

お婆々は思わず、「あぁーよかったぁー。」と、溜め息をついた。お婆々が目にした幸作は無傷だった。獣に襲われた跡もない幸作がそこに居たのだ。幸作は世津子と別れた時と変わりなく哺乳瓶の乳首を唇に乗せた侭すやすやと眠っていたのだ。お婆々は幸作が眠ってる籠の縁にもたれながら「野犬にも咬まれず幸運な幸ちゃん！」と大声で叫ぶと、

「これが反対だったら、どげんする。死んだら元も子もない！　ありがたやっ。」

「世っちゃん！　命は大事にしなけぁー。」

神に感謝しているのか、世津子に諫言してるのか。お婆々は万感の思いを何度も何度も口ずさみながら僅かな砂場に腰を下ろし足を伸ばした侭、暫く立ち上がれなかった。

やがて鼓動が凪《な》いだ、お婆々は、

「さぁー、幸ちゃん、帰ろうかっ。」

自分に活を入れると膝に手を掛け、「よっこらしょ。」と立ち上がり腰を屈めて幸作の籠を担ごうとした。だが腰が伸びない。日頃何でもない幸作が今のお婆々には一斗樽を担ぐほど重かったのだ。お婆々は〝ひょろひょろ笑う膝〟を手支えしながらやっ

とこ担ぎ上げ橋の下から這い上がった。そこで一息入れるとさっき来た山道をゆっくりと帰途に就いた。

幸ちゃん　どげんした　橋の下
怖くはなかった（？）橋の下
眠っているから　わからんばい
よかった　よかった　助かった

お婆々は、意識朦朧としながらも、こんな独り言を口ずさんでいた。

栄屋に辿り着いた時は、幸作を見つけてから半時余も経っていた。

暫し、玄関口で息を調えたお婆々は、「よっこらしょ。」と、敷居を跨ぎ、よたよたしながら土間を進んで縁側に籠を下ろし引きながら世津子と嘉鋤が居座ってる奥の間に辿り着いた。世津子のお経は未だ続いていた。

嘉鋤は、座った侭、未だ驚愕の色を消してない。お婆々は、幸作が入っている籠を嘉鋤の脇に陳座させると、阿修羅の如く、

「世っちゃん。どげんしたぁー。」

と、激しい叱責を浴びせると、カックンと籠の縁に崩れた。その時、嘉鋤が、

「お婆々。おばばっ。」と、
大声で叫び、お婆々の両肩を支えたのである。それでも世津子のお経は止まない。
一寸の時を費やしたお婆々は、手拭いで涙、汗を拭い、嘉鋤の眼前に籠を突き出し
嘉鋤の顔を、きぃーっと見据え、
「嘉鋤っさん。この子が橋の下に居たんだが幸ちゃんによく似てる。神さんの授かり
もん（者）だ。神さんの……。」
お婆々は嘉鋤を初めて敬語で呼ぶと、またカックンと籠に沈んだ。その瞬間、嘉鋤
は、
「そげだっ。神さんの授かりもんだぁー、うちの子だぁー。」
と半狂乱で応酬したのである。嘉鋤が幸作を栄屋の子として認知した瞬間である。
それと殆ど同時に世津子は堰を切った様に、
「幸ちゃん、こうちゃん、こうちゃん。」と、
大声で叫びながら、幸作が眠ってる籠の縁に泣き崩れたのである。
これを眼前にしたお婆々は、背を伸ばして世津子を抱き締め、
「世っちゃん、よかったねぇー。よかった、よかった。」
と、世津子に声を掛けた。これにつられ世津子は家中に響き亘る声で号泣した。
「嘉鋤っさん。世っちゃん。悪たればっかりついたねぇー。わしも苦しかったわ。身

が持たざったけん。」

お婆々は思いの丈を吐露すると、世津子の肩に凭れながらハラハラと落涙した。

「お婆々、おばば、おはばぁー。」

「もうええ、もうええ。やめだ、やめだ。」

嘉鋤も猿面間者になった顔面一杯に流れる涙を畳に落とした。この騒ぎに、何も知らず眠ってた幸作が、目を覚まし激しく泣き出した。力強い赤子の泣き声である。

すかさず台所に潜んでた松子が奥の間に駆け込むと籠の中の幸作を抱き上げ、

「幸ちゃん、こうちゃん、こうちゃん。」

と激しく声を掛け、ハラハラと涙を落とした。竹子も追っかけてきた。みんな後に続いた。そしてみんなで泣いた。奥の間の戸、障子、柱、壁、床、等など、全ての遮《しゃ》蔽物《へいぶつ》に涙々泣々の狂想曲が反響した。だが中にはお腹が空いて仕方ない者もいたのである。

止めどなく続きそうな喧噪の中から逸速く脱出したのは、やはりお婆々だった。今まで、頭を垂れ口を閉ざしていたお婆々が頭を擡《もた》げると、着物の裾で涙を拭い、

「さっ、みんな集まったねぇー。今晩はここでご飯を頂こうかっ。」

みんなに呼びかけた。その場の空気を変える力強い口調だ。

お婆々の回復力は凄い。嘉鋤が即座に、

「それがええ。そげんしょう、そげんしょう。」と応じたのである。

賛成した。松子と竹子が台所に駆け込み、準備してあった料理を奥の間に運んだ。弟たちも負けじと競って手伝った。

「そこに、備後の物もあるけん。」

父さんの嘉鋤が、急に元気づいて備後の土産物を指さした。奥の間に常設してある格式あり気な床卓一杯に料理が並んだ。にわか晩餐会の準備が急速に進んだのである。何時の間にか燗酒も用意してある。松子が気を利かせたらしい……。ご飯の御鉢が届くと、お婆々は、

「たー坊、お腹空いたなぁー。」

と声をかけ勝手にご飯をよそい太郎に手渡した。案の定、四歳の太郎は貪る様にかき込んだ。

だが他の連中は動かない。世津子の復帰を待っている風だ。急激な展開に、流石の世津子も付いていけないのか幸作の籠から離れようとしない。正気に戻ってるが間断なく流した涙で、瞳下に隈《くま》が出来美顔が壊れている。未だ〝行〟の余韻覚めやらぬ風だった。この情景をもどかし気に眺めていたお婆々が、

「世っちゃん、もういいんじゃろう。装束を解いたらっ。」

と、やさしく声を掛けた。追っかけ嘉鋤も、

「そげだ。そげだ。その侭じゃー縁起でもねぇー。」

合いの手を入れたが口は不調法だ。世津子はふたりの呼びかけに応え、幸作の着物を替え、だっこして自室に行った。さっきから、はしゃいでる子供たちを見ていた世津子にとってお婆々の呼びかけは絶妙なタイミングだったのである。まもなく普段着になった世津子がひとりで奥の間に戻ってきた。幸作はまた寝たようだ。顔には薄化粧をし瞳下の隈を取り繕っている。今の今まで存在した世津子とは姿形が違う世津子が子供たちの前に現れた。

本当の母が帰ってきたのである。世津子は五月雨式に始まった晩餐の輪の中に入り込むと、子供たちを見渡しながら、

「心配かけたねぇー。これから幸ちゃんを可愛がってね。」

世津子の顔は元の母親の顔に戻っていた。こんな激変にも子供たちはこっくりと頷いた。

「そげだ。幸ちゃんは弟だもんなぁー。」

嘉鋤が側にいる太郎の頭に手をやりながら念押しした。こんな光景は子供たちにとって初めてのことだろう。太郎が盛んに照れ笑いしたのだ。

「お婆々のお陰だっ。だんだん、だんだん。」

「松子っ。師範学校合格おめでとう。」

「世津子、苦労掛けたなぁー。これからもよろしくっ。」

　嘉鋤は杯を傾けながら次々に言語を並べ立て今まで胸に閊えていた思いの丈を披瀝したのである。高揚した嘉鋤を眼前にしながらもお婆々は何も言わず、ただ目尻を下げるばかりだった。今まで厚い顔料で塗り固めた様に硬かったお婆々の顔の皮膚が、まるで殺げ落ちたかの様に変わっていた。暫く間を置いたところで嘉鋤が満面に笑みを湛えながら、

「これからお父さんは、備後には行かんけん。」

　と、〝栄屋の不正常な営み〟の収束宣言をしたのである。事の次第が解る松子や竹子は盛んに頷き安堵したが、弟たちは思い思いの姿勢で付き合い笑いをしていた。中でも腹一杯になった太郎はその場に寝そべった。戦い済んで夜は更けて……。時は既に午後十時を回っていた。

　子供時間はとっくに過ぎている。栄屋を震撼させた〝行〟の葉風に草臥《くたび》れただろう。

　太郎はその侭眠りに就いた。上の茂介、与之介、末吉も次々に続いたが、お婆々や松子、竹子はそこに付き合った。時は既に日替わり時まで進んでいた。そんな中、いつの間にか世津子と嘉鋤は盛んに盃を交わしていたのである。お婆々はこの様をまじまじと眺めていた。

（三十）

栄屋が安定するに従って世津子の身体の中では別れた佐藤技師への思慕が蠢《うごめ》いていた。

佐藤と別れて一年経った春、佐藤が出勤の時、何時も「あっ、きれいだ！」と感嘆の声を上げていた庭先の椿が開花した。それがまた世津子の心の鼓動を大きくかき立てていた。そんな時、何処からともなく佐藤技師の消息が噂話に乗って流れたのである。そば耳を立てた世津子にとっては朗報に取れたが所詮は噂話である。もどかしさが募る世津子にやがて確かな情報が齎《もたら》された。藤原先輩が佐藤技師を伴って備後落合の親方さん宅を訪問したという仰天情報である。備後の親方さん家は備後の名家で、佐藤家の地主であった。幼いころから勉強が良く出来た佐藤富雄を見込んで親方さんは、高等専門学校まで行かせ、行く行くは家の娘の婿さんにと許婚の契りを結んだのである。佐藤技師の本家と後藤家とはそんな昵懇の間柄だった。ところが高専卒業後の佐藤の行動は心ならずも親方さんの期待を裏切る事態になっていた。この膠着状態を解きほぐそうといううねりの様な動きが出雲と備後で起こっていたのである。この

具体的端緒として、この春、藤原先輩が村役場の密命を帯びて備後の親方さん宅を訪問したというのである。密命の中身は、

「備後の名家である後藤家に佐藤技師を婿入りさせる仲立ちをする」という大役だったのである。実は後藤家では、親の反対を押し切って家出した娘（佐藤の許婚）が夫が早世し実家に帰って居りその娘（佐藤の元の許婚）と佐藤技師との結婚を一発勝負で決めるという厳命だったのである。もともと娘のパートナーとして嘱望された佐藤である。佐藤にとっては夢幻の様な話である。長年の色々な柵を解きほぐす為には以前から後藤家と親交深かった藤原収入役が最適任であるという笹森村長直々の要請だったのである。これが成功するまでは密命として扱われた。元より後藤家は国は違えど笹森家とは名家同士のよしみもあり最大限の根回しが行われていた。佐藤技師の馬木村での仕事振りについては書面になり、その中には巷間賑やかに噂された栄屋の負の遺産はさっぱり清算されたことが強調されていた。この親書は、書の達人である笹森村長直筆によるものだった。恐る恐る後藤家を訪問したふたりは拍子抜けするくらい事は円滑に進んだのである。藤原先輩が突然発表した、

「この四月の年度初め、佐藤技師が広島県庁に土木技師として迎えられる。」という将来像も何の異議もなく了解された。笹森村長が後々のことを考え、自分の名声を最大限に活用した結果だった。ふたりを迎えた後藤家の人々は、年老いた親方さんご夫

婦。やや窶れ顔だが面影懐かしい娘。それに佐藤の実家の親夫婦。妹夫婦。と、身内ばかりの七人の人々だった。

恐縮の体で臨んだ面談は全くの杞憂に終わった。その中身は、善くも悪くもこの十有余年の全ての事柄を水に流し、失った年月の空白を埋めようという心暖まる仕儀仕様に終始したのである。この大役を完遂した藤原先輩は、世津子に歓喜の報告をしたのである。

確かな情報を手にした世津子の喜びは想像を絶するものだっただろう。

諺に、「時は最良の相談相手」という言葉がある。正に時は最高の力を与えてくれたのである。佐藤技師が馬木村を去ったのが先だったのか。後藤家の意向が先だったのか。役場や会社の意志が先だったのか。その時系列的真相は混沌として不明である。それは奥出雲と備後という国境を挟んだ山村同士の限りなく大きな寛容の風土によってあがなわれたものと思えてならない。

永年この良き風土作りとその発展に尽力された笹森村長への「感謝の気持ち」は村民一同で建立した大馬木川大改修事業の記念碑（石碑）に込められ、大馬木川に架かる一番大きな橋の麓でひっそりと佇んでいる。

あとがき

（一）

作中の不義の子「幸ちゃん」のモデルは、実は僕の幼ともだちだったのです。

子供の頃ふたりは近所で札付きの腕白でした。しかし確かな記憶を辿ってもその中身は畑を荒らすとか、家畜に危害を与えるとか、よその物を盗むと言った環境破壊に繋がる様なものではなく、逆に〝でこせまち（調子外れ）〟をして自ら傷つく風なものでした。恥ずかしながらその象徴的事例を話すと、田拵えの肥しを撒いてる近所のあんちゃんが、「この肥桶に付いている糞を嘗める勇気があるか！」と、からかったら彼は、「そぎゃんこたぁー（そんなこと）へっ平っちゃらだ！」と言って〝ぺろっ〟と指先で嘗めたのです。そばに居た僕はそこまで乗るなと言いたかったが一瞬の出来事だったのです。案の定、これが世間の評判になり、相棒は泣いて怒るお母さんにこっぴどく折檻されたのです。翌朝、僕ん家の軒下から呼ぶ彼に会うと、「あげんこたぁー（あの様なことは）もう止めよう。」という反省の弁だったのです。この様な場面は種々雑多ありましたが、反省に歯止めが掛からないというのが彼との深い友情だったのです。

彼は僕より一つ年上でしたが重度の吃りで、事ある毎に僕に、

「おっお俺は、はっは橋の下で、ばっ婆ちゃんに、ひっ拾われたんだ。」

と叫んでいたのです。当時、僕は何のことか解らなかったのですが、小学校に入って大きくなってから近所のおっちゃんに、

「〝幸ちゃん〟は栄屋のおばちゃんと下宿した土木技師さんの間に生まれた、てて無し子（父親なし子）だ！」

と聞かされ子供心にもショックを受けたことを覚えています。

彼は何故か、どんな時でも腕白の先鋒は僕にやらせなかった。罪を問われるのは大概彼だったのです。今から思うと彼は吃りと、てて無し子というハンディーを糊塗するため態と悪の先鋒を買っていた（？）のではと愛しく思えるのです。

その彼が、いつ頃からか定かでないが急に恰好マンになって近所に居ながら僕との接触を断ったのです。理由はなんだったのか悪の反動だったのか（？）

いやそうではなく彼の同級生から聞いた話では、「僕は勉強して東大を目指す。」というものだったのです。未だ中学校も卒業してない時期だった。彼は家族に懇願して農家では珍しく個室の勉強部屋を作って貰いそこに籠もりっ切りで勉強していると世

間の評判になっていました。僕には世間の評判話が彼との唯一の接点になっていたのです。僕は家庭の状態を見れば大学どころか高校にも行けないと思っていたので、彼には深い畏敬の念を抱きました。

（二）

これはかれこれ一世紀に近い八十有余年前の出来事ですが、没交渉の侭、成長した僕と彼はそれぞれ、彼は進学校の県立横田高校に入学し、東大を目指し、僕は県立松江工業高校に入学し、技術者の道を選びました。そして学校の推薦で東京の日本精工（株）に就職し生活の安定を得ることができました。会社の仕事も責任ある地位についた頃、田舎の友達（同級生）から彼の噂話を聞き、急に彼に会いたくなったのです。友人によると、彼は東大に失敗し一浪して広島大学を目指したがこれも失敗し滑り止めとして用意していた島根大学を卒業し製造メーカーに勤務し、今では大学卒を買われ横田町の名家に婿入りしている。大変な出世だと友人が言うのです。「そうか！　そういう半生だったのか！」と慨嘆したことを覚えています。その時、友人から「彼が、あんたに会いたがっていた。」と聞き、早速、翌年僕の実家の墓参りで帰郷する機会に彼の家を訪ねようと心積もりをして先方に確認したところ、「昨年の暮れ、亡くなりました。」と言う奥さんからの悲報に接したのです。

「大ショック！　早死だ！」この時、僕は彼のための鎮魂歌を書こうと思ったのです。

これが、「奥出雲風土記『世津子とお婆々』」の端緒となりました。かれこれ三十数年前のことです。

我れながら「よくぞ灯火を消さなかったものだ。」と自賛しているところです。

（三）

最初は小さいものでしたが構想を広げている内に、彼が誕生し橋の下に捨てられ、そして救出された社会的背景を描いてみようという欲求に駆られ、実在した大災害と復興事業を題材にして筆を進めました。しかしプロの先生の指導を受けることもなく我流で進めた為、一体この創作が世間で理解して貰える様な文章（小説）になってるかどうかさえ判断できない状態でした。専ら多少心得のある友人や後輩の批評を受けながら彼らの世辞に自慰してる風なものでした。

もともと本にすることなど経済的理由で家族の賛成を得られない事情があったのですが、長い間には友人の励ましや出版社の勧誘などもあった為、出版への願望は絶えることはありませんでした。出版して世に問うてみたいという願望は消し去ることは出来なかったのです。

ここ十四～五年この方、題名を取っ変え、引っ変え（拾い児考→世津子の懺悔→橋の下の幸ちゃんなど。）しながら添削を繰り返し自己満足していましたが、出版を諦め切れず、それがだんだん大きくなりつつありました。それがコロナ休暇と相俟ってより深刻なものになっていました。そんな時に文芸社から私にとって手の届く様な企画を示して頂き出版に踏み切った訳です。大きな助け舟でした。

この決意が、「努力が実ってよかった。」という結果が得られるならば幸せこの上ありません。

著者プロフィール

足立 雅人（あだち まさと）

昭和九年六月十八日　島根県仁多郡馬木村に生まれる。
昭和二十八年三月　生業を技術者に求め、松江工業高校を卒業すると東京の日本精工(株)に入社、四十有余年、主として品質保証の仕事に従事。この間、望郷の念に駆られ古里を題材にした創作に手を染める。
平成五年十月　川口の大泉工場(株)に入社（定年後就職）、五年間勤務して退職（六十五歳）。その後、正業に就かず、少しばかりの家庭菜園をやりながら手掛けていた創作（複数）を捏ねくり回し、仕上げの作業（もの書きの真似事）を続け今日に至っている。

奥出雲風土記「世津子とお婆々」

2020年11月15日　初版第1刷発行
2021年7月30日　初版第2刷発行

著　者　足立 雅人
発行者　瓜谷 綱延
発行所　株式会社文芸社
〒160-0022　東京都新宿区新宿1－10－1
電話　03-5369-3060（代表）
03-5369-2299（販売）

印　刷　株式会社文芸社
製本所　株式会社MOTOMURA

ISBN978-4-286-22062-8